Yehuda Shenef

SCHICKSALSVERSTOPFUNG

Erzählungen

mit Illustrationen von
Chana Tausendfels

אני מודה

חנה מרגיט ויעקב

לרעיונות טובים

Inhalt:

Seite 5
Statistisch nicht relevant

Seite 71
Ignaz der Löwe

Seite 115
Die seltsame Schicksalsverstopfung des Herrn Brecht

Seite 194
Anmerkungen

Seite 195
Abbildungen

Statistisch nicht relevant

Das Anschreiben

„Email für Emil". Ein naheliegendes, für Emil selbst freilich seit Jahren schon längst nicht mehr komisches, weil viel zu oft gehörtes Wortspiel. Die meisten Mails die er erhielt waren, von wenigen Ausnahmen abgesehen, Newsletter, die er vor Jahren mal abonniert hatte und seitdem bekam, ohne dass er sie noch las. Manche hatte er bereits mehrfach abbestellt, vielleicht nicht auf die richtige Weise. Sie kamen eben trotzdem noch. Ab und an kamen auch Reklamemails, für Eigenheime etwa oder Spendenaufrufe für elternlose Kinder auf fremden Kontinenten. Emil hatte sich schon öfter gewundert, wie die Betreiber solcher Organisationen überhaupt an seine Emailadresse gekommen sein mochten. Unter den fünfzehn Nachrichten im Postfach befand sich auch nur eine, die an ihn persönlich adressiert war. Es schrieb ihm eine *Statistische Erfassungs- und Regulierungsbehörde*, von der er noch nie gehört oder gelesen hatte.

Das Schreiben teilte mit, dass er von der Behörde durch einen Algorithmus zufällig als *„statistischer Durchschnittsbürger ausgewählt"* worden sei und sich am übernächsten montagmorgens um 8 Uhr 15 in der Behörde in Zimmer 759 einfinden solle und zwar, wie es hieß: *„zum Zweck der Datenkontrolle, des Abgleichs und der Normierung"*. Emil lachte leicht auf und nahm einen Schluck aus seiner Kaffeetasse, die neben seinem Computer am Schreibtisch stand. Offenbar, sind sie sich nicht so sicher, ob ihr Zufallsgenerator noch funktioniert, dachte er sich.

Im letzten Absatz wurde Emil nun aber mit Fettdruck darauf hingewiesen, dass er gegenüber der Behörde zur *„informativen Mitarbeit verpflichtet"* sei. Ein unentschuldigtes Nichterscheinen, ohne gewichtigen Grund, könne mit einem Zwangsgeld von bis zu 5000 Euro, ersatzweise Beugungshaft geahndet werden. Das klang nun nicht wirklich witzig, vielmehr beunruhigend, gar bedrohlich. Emil war sich aber nicht sicher, ob er noch amüsiert, oder bereits wütend war. Sollte das ein etwa Scherz sein, ein besonders schlechter gar? Er dachte kurz daran, wer seiner Bekannten und Freunde dahinterstecken könnte, da gab es gewiss einige Kandidaten, doch stand weder der 1. April noch Halloween bevor. Gab es eine solche Behörde denn überhaupt? Emil las weiter und erfuhr, dass er den Terminvorschlag selbstverständlich *„aus wichtigem Grund (ggf. Attest beifügen) widersprechen"* könne und *„gegen Verrechnung einer Verwaltungs- und Bearbeitungsgebühr von 60 Euro binnen einer Woche"* einen Ersatztermin anfordern könne.

Das erschien Emil rational, wegen der Höhe der Gebühr zugleich aber auch sehr dreist. Was sollte er davon halten? Mit der Suchmaschine an seinem Computer überprüfte Emil sogleich, ob es jene ominöse Statistische Erfassungs- und Regulierungsbehörde tatsächlich gab. Emil stammte aus einer Beamtenfamilie, sowohl seine Eltern, drei Onkel und Tanten, einige Cousins und entferntere Verwandtschaftsgrade waren in verschiedenen städtischen und staatlichen Behörden und Instituten beschäftigt gewesen oder waren es immer noch, und so kannte er doch einiges wenigstens vom Hörensagen, was dem Normalbürger weniger vertraut war. Doch von dieser Behörde hatte er noch nie gehört, lediglich das im Fernsehen ab und an zitierte „statistische Bundesamt" war ihm geläufig. Dass es aber auch lokale Behörden gab, die sich mit statistischen Erhebungen befassten, nun, das mochte wohl sein. Folgerichtig bestätigte dann auch die Suchmaschine die Existenz der Behörde und die angegebene Adresse. Arg viel mehr konnte er ihrer Webseite freilich nicht entnehmen. Ihre Räume hatte sie im siebten Stock, was zur mit der Ziffer 7 beginnenden Zimmernummer passte. Ansonsten fanden sich nur diverse Verordnungen und Richtlinien auf pdf-Dateien zum Download, schließlich auch ein Kontaktformular. Vergeblich suchte Emil jedoch eine Telefonnummer zur direkten Durchwahl, was den naheliegenden Gedanken eines Anrufs leider erübrigte. Emil ließ sich davon aber nicht entmutigen und rief stattdessen bei der Stadtverwaltung an in der Hoffnung, dass diese ihn mit der Behörde verbinden mochte. Nachdem er einige Minuten in der Warteschleife hing und dabei dreimal Barry Manilows „Mandy" über sich ergehen lassen musste, teilte ihm eine Frau mit osteuropäischen, vielleicht rumänischen, Akzent mit, dass es keine Durchwahl gebe und Vorsprachen nur persönlich und mit Termin möglich wären: „*Vorsprachen nur persönlich und auf Termin. Sie haben verstanden?*"

Emil schaute noch ein wenig herum, was es sonst über die Behörde im Internet zu lesen gab. In einem digitalen Zeitungsartikel vom letzten Frühjahr war als Amtsleiter der Behörde ein gewisser Prof. Dr. F. Pommerance genannt worden, der eine Statistik zur Bevölkerungsentwicklung kommentierte und dabei vor „beliebigen Interpretationen" warnte. Emil fand den Namen amüsant, zumal in der wahrscheinlich französischen Schreibweise. Die Vorstellung des Französischen erinnerte ihn daran, dass seine geschiedene Frau Babette mütterlicherseits von Hugenotten abstammte. Die Hugenotten faszinierten ihn wegen der hohen Bildung, die man in vielen Familien vorfand, während ihn andererseits ihr karger Formalismus und die sittenstrenge Sachlichkeit ein gewisses Unbehagen bereitete. Emil war sich lange Zeit nicht sicher, ob er in Babettes Verhalten nicht doch ab und an entsprechende Züge wahrgenommen hatte. Er konnte sich auch getäuscht haben, wie in ihr ganz allgemein. Jedenfalls hatte er bald handfestere Gründe gefunden, um sich von ihr zu trennen.

Emil beschloss es mit der Hinterfragung der Mail fürs erste auf sich beruhen zu lassen. Er markierte die anderen Mitteilungen, die er im Postfach vorgefunden hatte und klickte sie in die virtuelle Mülltonne, während er die der Behörde auf sein Mobiltelefon übertrug. Er hatte zu viel Zeit mit Grübeln verbracht und war nun etwas spät dran. Schließlich musste er noch zur Arbeit fahren.

In der Mittagspause saß Emil mit seinem Kumpel Thomas zusammen, den er bereits aus Grundschultagen kannte, der seit zwei Jahren aber sein Vorgesetzter in der Abteilung war. Da sie trotzdem gute Freunde blieben, hatte er keine Bedenken, ihm die E-Mail der ominösen Behörde zu zeigen. Auch Thomas fand sie *„gelinde gesagt eigenartig"* und wunderte sich darüber, dass eine echte Behörde Bürger per Email und nicht wie zu erwarten mittels gewöhnlicher Post anschreiben sollte. Wie Emil lachte auch

Thomas zunächst und scherzte augenzwinkernd: *„Ich dachte eigentlich immer, ich wäre durchschnittlicher als du"*, so als sei ihm eine zustehende Auszeichnung entgangen. Als sein Freund ihm allerdings davon berichtete, dass es die Behörde wohl tatsächlich gab, war auch er ratlos. Thomas blieb nur die Frage, ob Emil den Termin denn wahrnehmen wolle, zumal er immerhin auch in Emils Arbeitszeit fiele. *„Es bleibt mir kaum eine andere Wahl"* antwortete dieser: *„Sechzig Euro sind schon ein gutes Abendessen zu zweit"*. Thomas erhob sich vom Tisch und nahm sein Tablett: *„Ganz zu schweigen von fünf Riesen ... oder Beu ...ähm Gungs-Haft. Man-o-man, Sachen gibt es!"*

Die Ermittlung

Emil klopfte pünktlich um 8 Uhr 15 an die Türe von Zimmer 759 der *Statistische Erfassungs- und Regulierungsbehörde*. Ein großer, bleicher magerer Mann, mit Glatze, dunkel umrandeter Brille und seltsam altmodischer Kleidung öffnete ihm. Er war mit einem rosa Hemd und einer dunkelbeigen Hose gekleidet, eine Kombination die Emil seit vielen Jahren nicht mehr gesehen hatte, obwohl sie in früheren Zeiten durchaus häufiger zu sehen war. Über dem Hemd trug der Mann, der sich kurz als *Schulz* vorstellte, einen Hosenträger mit senkrecht aufgereihten Blümchen. Schulz fragte Emil ob er einen Termin hatte. Emil bejahte und gab ihm den Ausdruck der Email. „*Ah ja ...*" sagte der Mann und bat Emil Platz zu nehmen: „*Hm, ja ... das ist das Standardverfahren.*" „*Ja*", fragte Emil zurück: „*was für ein Standard denn?*" Schulz erklärte in kurzen, schnellen Sätzen, die er so routiniert heruntersagte, als habe er sie schon hunderte-, ja vielleicht tausende Male vor sich hergesagt, was durchaus sein konnte. Das „Verfahren" diene dem Abgleich mit dem vorhandenen statistischen Datenmaterial, das an vielen Stellen interpoliert werden müsse. Die dafür ausgesuchten Stichproben, also Personen wie er, Emil, beruhten auf einem ausgefeilten Algorithmus. Die Stichproben nun dienten sozusagen der Kalibrierung der erhobenen statistischen Daten. Die ausgewählten Personen seien nun sozusagen im Auftrag des Staates, besser gesagt, für das Allgemeinwohl, dazu berufen, dazu beizutragen, das Datenmaterial zu verbessern. Genau deshalb sollte Emil sich nun als erstes zur statistischen Ausgleichsuntersuchung in der Spezialambulanz der Universitätsklinik einfinden. Am besten gleich anschließend, was unproblematisch sei, weil der ambulante Dienst unweit in einem Nebengebäude untergebracht sei. Auf Nachfrage teilte Schulz mit, dass die Untersuchungseinheit sich zwar außerhalb der Universitätsklinik befinde, aber ihr als staatlich finanzierte Unterabteilung trotzdem zugerechnet sei. Während Schulz die Zusammenhänge erklärte, tippte er zeitgleich routiniert in seine Tastatur und als er aufhörte zu erklären, übergab er Emil sogleich einen Ausdruck, der einen Überweisungstermin zur Spezialambulanz zwei Häuser weiter in zehn Minuten beinhaltete.

Obwohl er pünktlich in der Spezialambulanz erschienen war, sagte ihm eine freundliche Osteuropäerin an der Rezeption, dass er am Automaten gleich neben der Theke eine Nummer ziehen solle. Die Anzeige an der Wand würde seine Wartenummer anzeigen und die des Zimmers, in welches er sodann eintreten und vorsprechen sollte. Auf dem Zettel, den der Automat für Emil mit einem Surren ausspuckte stand 211. Da die Anzeige auf 210 stand war Emil erleichtert, sprach dies doch dafür, dass er bereits als nächster an der Reihe sein dürfte. Er realisierte nun, dass der Eintrittsbereich eigentlich eine Art Wartezimmer war und dass die meisten Sitzplätze besetzt waren. Da es bestimmt vierzig Leute waren, die dort saßen, war er doch sehr froh darüber, dass er einen Termin hatte und pünktlich erschienen war. Ausgeruht sitzend war ihm nun als erstes der übergroße Pflanzenkübel in der Mitte des Raumes aufgefallen, der gewiss einen halben Meter hoch war und einen Meter im Durchmesser aufwies. Darin eingetopft war ein kräftiger, mannshoher Strauch mit rötlichen Blüten, der ihn an den Christusdorn aus dem Garten seiner Eltern erinnerte. Der Strauch im Warteraum war freilich fast drei Mal so groß. Wie konnte der Strauch im Haus besser wachsen, als im Garten und warum stand er hier im Zentrum des Warteraums, wo auch eine Reihe von Kindern herumsprangen. Es blieb keine Zeit über solche

Kleinigkeiten nachzudenken, da der Automat ein Signal gab und tatsächlich seine Nummer aufgerufen wurde. Die Anzeige signalisierte, dass er wohl in Zimmer 8 erwartet wurde. Das war gleich neben dem Automaten. Und so fasste er auch gleich den Türgriff und warf noch einen Blick auf die Menge von Leuten, die um den Christusdorn herumsaßen und warteten und anders als er offenbar keinen Termin hatten.

Das Zimmer in das er nun eingetreten war verdiente eine solche Bezeichnung freilich nicht. Mit der Tür in der Hand stand er nämlich schon vor einer weiteren Theke, hinter der eine kleine alte Frau mit einer vielleicht vor Jahrzehnten bereits aus der Mode gekommenen dicken, stark gewölbten Hornbrille saß. Vor sich hatte sie drei moderne, kaum fingerdicke Flachbildschirme und hinter sich zwei Tischchen mit einem Drucker und einer Kaffeemaschine. Emil war erstaunt über das Arrangement, denn ihre Zimmerhälfte und jene die er soeben betreten hatte, mochten kaum mehr als drei Meter lang sein, während der Raum allenfalls halb so breit war.

„*Sie wünschen!*" „*Nein, nein*", antwortete Emil „*Ich habe einen Termin. Hier sehen Sie, mein ... das Schreiben von der Statistikbehörde.*" „*So?*" „*Ja, ich soll ja untersucht werden*". Die offenbar wenig beeindruckte Frau hinter der Theke fragte, ob er irgendwelche medizinischen Befunde mitgebracht hätte und Emil verneinte dies. „*Es war mir nicht bekannt, dass, ich das tun sollte.*" Die Frau stand auf und lehnte sich über die Theke: „*Es würde unsere Arbeit schon sehr erleichtern, wenn ab und an mal einer mitdenken würde.*"

Emil war verunsichert, wollte sich aber auf keinen Streit mit der wahrscheinlich wenigstens beruflich überforderten Frau einlassen. Er würde sie ja wohl doch nie wiedersehen. „*Ihre Nummer? ... Geben sie mir bitte Ihre Nummer*". Nun wurde im klar, dass sie den Zettel des Automaten haben wollte. Sie nahm ihn an sich, warf ihn in einen Korb und setzte sich wieder. „*Sie können wieder rausgehen und draus warten. Sie werden dann persönlich aufgerufen.*" Emil merkte eine leichte Verärgerung in sich aufsteigen, auch weil ihm dämmerte, dass die Wartenden draußen wohl dieselbe Prozedur bereits hinter sich hatten, was seinen gefühlten Vorsprung wahrscheinlich auf null schrumpfen ließ.

„*Das war es schon?*" „*Ja, was wollen sie noch?*" „*Aber, ... aber ich habe doch einen Termin um 8 Uhr 45 und jetzt ist es gar nicht zufällig 8 Uhr 43, ich bin nämlich gerne pünktlich.*" Die Dame blickte zu ihm hoch. „*Das freut mich für Sie, aber den Termin haben sie nicht mit mir. Warten Sie bitte draußen.*" Emil sah zurück zur Frau hinter dem Tresen und zeigte mit der Hand auf das Schreiben. „*Das brauchen Sie nicht mehr, Sie sind ja jetzt angemeldet.*"

„*Und wie lange dauert das nun alles in allem?*"

„*Das kommt drauf an, was untersucht wird. Mit zwei oder drei Stunden sollten Sie hinkommen, vorausgesetzt Sie halten den Betrieb hier nicht länger auf.*" Emil nickte kurz und verließ das winzigste Büro, dem er bislang in seinem Leben begegnet war.

Emil nahm auf der nunmehr einzigen freigebliebenen Sitzbank Platz, die direkt neben einem Getränkeautomaten stand. Ihm war nun klargeworden, dass er sicher nicht sofort drankommen würde, und wohl auch alle anderen Wartenden wie er einen Termin hatten. Ein solcher Termin hatte dann wohl auch weniger etwas mit Service oder Kundendienst zu tun, sondern eher den Charakter einer Vorladung. Man konnte nicht erwarten, persönlich vorgeladen zu werden, sondern hatte stattdessen wahrscheinlich vielmehr Glück, von den Sekretärinnen nicht abgewiesen zu werden. Ihm fiel ein, dass er Kliniken allgemein nicht mochte. Das konnte er von seinem Vater haben, der sich weigerte Krankenhäuser zu betreten. Die heutigen Klinikzentren hatten auch für den Sohn überwiegend unbehagliche Aspekte, obgleich man sich um eine unbestimmte, unaufdringliche Ausstattung bemühte, mit Bildern, Pflanzen, Fernsehern und dergleichen. Trotzdem erschienen sie ihm so, als hätte man das Reisezentrum eines Bahnhofs mit der Fertigungshalle eines Zulieferbetriebs kombiniert und mit dem gezielt abweisenden Charme einer Arbeitslosenanstalt ausgestattet. Tatsächlich war der Warteraum in der Art eines quadratischen Lichthofs ausgestattet mit einem verstrebten pyramidenartigen Glasdach über den Wartenden. Diese saßen auf weiß lackierten Sitzgruppen aus Metall und Plastik. Um den großen Christusdorn herum waren jeweils zwei Sitzgruppen Rücken an Rücken so angeordnet, dass vier von ihnen tatsächlich ein Kreuz bildeten mit dem Pflanzentopf als Angelpunkt. An den Sitzbänken befanden sich noch kleine Tischchen mit Frauen- und Fußballzeitschriften.

Um das Kreuz herum waren weitere Dreiersitzgruppen mit Blick auf die Mitte angeordnet, was der Gesamtkonstruktion, wie Emil befand, beinahe einen gewissen religiösen Charakter verlieh. An den Wänden rundherum hingen Tafeln, etwa mit den Porträtfotografien des Ärzteteams. Auch einen Fernsehbildschirm gab es, der tonlos Werbefilme für Südseereisen zeigte. An der nächsten Wand hing ein Triptychon aus großen, in verschiedenen, meist in kräftigen Blautönen bemalten Quadraten, wovon das linke eine Art Kreuz in einem helleren absteigenden Dreieck zeigte, das rechte hingegen eine Art Totenschädel. An den Wänden waren nun auch Türen, hinter denen sich wohl die Untersuchungszimmer befanden.

Emil war so sehr mit der Begutachtung des Warteraums befasst, dass er gar nicht mehr auf die Anzeigetafeln achtete. Die große runde Uhr, die einer alten Stationsuhr glich, zeigte jedoch bereits zwanzig Minuten nach neun. Er saß also bereits länger als eine Stunde in der Wartehalle und auf der Anzeigetafel war die Nummer 212 angezeigt. In all der Zeit war also nur eine einzige Person nach ihm in den Warteraum gekommen.

Emil stand auf und kaufte sich am Automaten einen jener Energy-Drinks, die Kraft, Dynamik und ähnliches versprachen, immer ein wenig wie Gummibärchen oder Kaugummi schmeckten, aber doch Zucker, Kohlensäure und Aufputschmittel enthielten, und ihn wenigstens vom Einschlafen abhalten konnten. Wie er erst jetzt bemerkte, führte an den Wänden ein etwa handbreiter blauer Streifen entlang. Der Raum war auf diese Weise in ein gleichmäßiges Achteck eingeteilt. Gerade nun ging endlich eine der Türen auf und ein altes Paar verließ den weißen Raum. Hinter dem Paar konnte er einen Mann in einem der grünlich getönten Kitteln erkennen, die Ärzte in Operationsräumen tragen. Der Mediziner sagte mit lauter Stimme den alten, vielleicht schwerhörigen Leuten: *„Gehen Sie jetzt auf der blauen Linie zweimal nach links und dann in das Zimmer dort drüben."* Dann lächelte er knapp und schloss seine Türe wieder. Emil ärgerte sich etwas über die seltsame Aufforderung des Arztes, der der Frau genauso gut hätte sagen können, dass sie ins gegenüberliegende Zimmer gehen sollte. Doch dann bemerkte er, dass die alte Frau tatsächlich versuchte mit der Hilfe ihres Mannes ganz genau auf der den Raum achteckig umfassenden Linie zu bleiben. Wozu bitte sollte das gut sein? Warum waren die beiden Alten auf so lächerliche Art und Weise darauf bedacht, die Aufforderung des Mediziners überzuerfüllen. Er hatte doch von ihnen gar nicht verlangt, strikt auf der blauen Linie zu bleiben. Welchen Sinn sollte das auch haben und warum strengten sie sich damit so an, obwohl ihnen die Fortbewegung sichtbar nicht gerade leichtfiel.

Emil wurde erst kurz vor Mittag aufgerufen. Ohne weitere Erklärung wurde er nun einem Untersuchungsprogramm unterworfen, das mit einer Blutabnahme begann, auf die eine Speichelprobe folgte. Dann sollte er wieder im Warteraum Platz nehmen, und wurde hernach in ein anderes Zimmer gerufen, wo man einen Ganzkörper-CT, ein MRT und ein PET vornahm, letzteres, um die Gehirnfunktion zu prüfen. Emil musste sich komplett nackt ausziehen, auf dem Papiertuch einer Liege sitzen, Knie und Beine hängen lassen, um Reflexe zu testen. Dann sollte er aufstehen und dem Untersucher, einem kleinen, fast winzigen, arabisch oder persisch aussehenden Mann mit grauen Haaren und Schnurbart, den Rücken zudrehen. Der Mann beantwortete keine der Fragen Emils zufriedenstellend, sondern verwies immer darauf, dass Emil später mit dem Professor sprechen könne. Er selbst aber sei nur für das Programm zuständig und je schneller man vorankäme, umso schneller sei alles auch erledigt. Das klang in einer gewissen Art vernünftig und leuchtete Emil auch ein, trotzdem stieg in ihm ein wachsender Argwohn. Was hatte all dies zu bedeuten und welchen Nutzen? Warum ließ er sich darauf ein? Hatte er Angst vor einem Bußgeld? Und mehr noch, war es im Kern nicht geradezu absurd, dass er auf eine wie auch immer definierte Durchschnittlichkeit hin untersucht wurde von einem kleinen ausländischen Männchen, das ganz gewiss in keiner denkbaren Weise dem entsprechen konnte? Oder nicht musste? Der Sinn des Ganzen war Emil nicht klar. Aber er hatte Angst vor einem Bußgeld oder vor noch weiteren Konsequenzen. Immerhin fand alles hier offenbar im Rahmen staatlicher Institutionen statt und sicher auch auf modernen wissenschaftlichen Niveau. Alles würde sich noch aufklären. Gewiss. Als nächstes folgte ein Sehtest, mit einem riesigen Gerät vor seinen Augen, an welchem das kleine orientalische Männchen zahlreiche Rädern drehte und diverse Knöpfe drückte. Als es Emil kalt wurde, fragte er, ob er sich nun wieder anziehen könne. Der Untersucher war sich nicht schlüssig, verwies aber darauf, dass man noch ein Spermiogramm zur Ermittlung der Spermienzahl benötige.

Auf der Rückfahrt von der Klinik saß Emil im Bus neben einer Frau im Trachtenkostüm. Sie schien zu schlafen. Ihnen gegenüber saß eine fast gänzlich in Schwarz gekleidete Frau, die in ihr Mobiltelefon vertieft war. Hinter ihr saßen ein Mann und eine Frau, die sich angeregt über ihre Büroerlebnisse austauschten. Auf der anderen Seite des Abteils ihnen gegenüber saß eine Gruppe von vier älteren Damen, die sich über ihre Reiseerlebnisse unterhielten. Emil selbst hatte seine Reisetasche auf dem Schoß und einen Laptop darauf liegend und wollte seine Gedanken in die Tastatur tippen. Freilich mochte ihm nichts Vernünftiges einfallen. Nach dem Marathon an Untersuchungen, der insgesamt doch dreieinhalb Stunden dauerte, gab ihm der arabische Zwerg einen kleinen Zettel: *„Gehen Sie morgen früh zum Professor. Er wird Ihnen Ihre Fragen beantworten und das weitere Verfahren erklären. Wir sind fertig mit dem Programm."* Ohne zu zögern war das Männchen zur Tür gegangen, nickte beiläufig zu Emil und rief in den fast leeren Warteraum: *„214, Nummer 214 bitte"*, worauf niemand reagiert hatte. Emil hatte das Zimmer verlassen, stand nun wieder im Warteraum und holte sich aus dem Automaten einen Schokoriegel und steckte ihn in seine Tasche.

Nun im Bus holte er ihn heraus und aß ein paar Bissen davon.

Abends fühlte sich Emil ratlos. Die Prozeduren in der Klinik, zu denen er so viele unbeantwortete Fragen hatte, hatten in ihm einiges bewegt. Es war ihm so, als wäre ihm bewusstgeworden, dass irgendetwas in seinem Leben bislang fehlte. Doch was mochte es sein? Er spürte eine gewisse Trauer und Leere, war andererseits aber nicht zu betrübt, um keinen Appetit zu haben. Aus dem Supermarkt hatte er sich eine Fertigpizza geholt, die er nun in den Ofen steckte. Emil war nicht deprimiert, eher verärgert über das ganze Verfahren, das in sein Leben in einer Komplexität eingedrungen war, die ihn fast vergessen ließ, was zuvor sein Leben ausmachte. Wie man nur darauf gekommen war, ihn ausgerechnet sozusagen der Durchschnittlichkeit zu verdächtigen? Ihn ausgerechnet, der insgeheim davon überzeugt war, doch ein besonderer Mensch zu sein, der bewusster als andere lebte, Hobbies hatte, die nicht jeder hatte und sicher auch besser als der Durchschnitt auszusehen. War all dies nur Eitelkeit oder gar Einbildung? Sollte es keine Rolle spielen, dass er besser als seine Arbeitskollegen kochen konnte? Dass er zwei Bücher über Familienforschung im Selbstverlag publiziert hatte, dazu in der Lage war, jeden Computer und jedes kaputte Auto mit wenigen Hilfsmitteln wieder in Schuss zu bekommen. Dazu sprach er noch vier Fremdsprachen und war in jüngeren Jahren mit den Fanclubs zu Auswärtsspielen in ganz Europa gefahren. Er engagierte sich seit Jahren für Umweltverbände, Tierschutzvereine und in der Kirchengemeinde, auch ehrenamtlich in der Altenbetreuung und für die Integration von Flüchtlingen. Warum wurde all dies, was seine Besonderheiten ausmachten und die ihn von der anonymen Masse doch abhoben seitens des Staates nun heruntergebrochen auf bloßes Mittelmaß. Emil empfand dies als Kränkung und Beleidigung.

Gut, er hatte gewiss auch einige eher durchschnittliche Aspekte an sich, so wie jeder andere Mensch auch. Sein Kleidungsstil war nicht gerade auffällig, auch nicht sein Aussehen, Größe und Gewicht und dergleichen. Er setzte sich mit der zugeschnittenen Pizza vor seinen PC und suchte nach Statistiken. Bald fand er heraus, dass seine Größe von

1,77 m dem Durchschnitt entsprach wie sein Gewicht von 81 kg. Sein Monatseinkommen von 2.513 Euro war faktisch identisch mit dem statistischen Durchschnittseinkommen von 2524 Euro. Das war kein Wunder, stimmte seine Wochenarbeitszeit doch zum Schnitt, den die Behörden angaben. Auch seine Wohnungsgröße entsprach mit zwei Quadratmeter Abweichung dem Durchschnitt. Emil lachte über den Gedanken, auf welche Weise man ihm die zwei Quadratmeter abnehmen wollte, wenn man erstmal herausfand, dass er sozusagen über seine Verhältnisse lebte. Wo wollte, konnte, würde er denn abweichen? In der Zahl der jährlichen Theater- oder Arztbesuche? In der Anzahl künstlicher Zähne? Im Jahreskonsum an Schnitzeln, Bier, Kaffee und Toilettenpapier? Bestimmt würde all dies noch zur Sprache kommen mit jenem Professor, den Emil morgen früh kennenlernen sollte.

Am nächsten Morgen wurde Emil von Professor Finetti begrüßt. *„Nehmen Sie Platz Herr Meyer. Sie werden sicher viele Fragen haben. Das ist ganz normal. Aber erlauben*

Sie mir, dass ich zunächst etwas zum Sachverhalt und zum Verfahren erläutere. Gewiss wird dies viele Ihrer Fragen schon beantworten und Ihre Zweifel und Verärgerung zerstreuen und Ihnen der Dienst am Allgemeinwohl einleuchten. Doch wo nicht, können Sie mir hernach so viele Fragen stellen wie Sie möchten. Hier nehmen Sie von mir Stift und Notizblock, und notieren Sie sich Fragen, während ich Ihnen nun einiges erkläre."

Professor Finetti sah Emil fragend an und als dieser nickte, begann er seinen Vortrag über das Wesen der Statistik: *"Statistiken, Herr Meyer, sind, müssen Sie wissen, keine Fakten, sondern immer das Ergebnis der an sie gestellten Kriterien und ihre Umstände. Statistik, rein als Wort gesehen, müssen Sie wissen, leitet sich tatsächlich vom Begriff Staat ab. Statistik ist also gewissermaßen die Staatswissenschaft. Sie wird vom Staat betrieben und dient dem Staat. Jawohl, dem Staat, nicht dem Bürger als solchen, schon gar nicht dem einzelnen. Dem Staat, als Staatswesen. Das müssen sie zum Verständnis voraussetzen und ver-*

innerlichen, wenn sie das Wesen der Statistik begreifen wollen." Der Professor hielt kurz inne, als er sah, dass Emil sich Notizen machte und wartete, bis er damit fertig war, um fortzufahren. Statistiken hingen immer von jenen ab, die sie erheben, verarbeiten, bewerten und repräsentieren. Öffentliche Statistiken, wie man sie beispielswiese aus den Medien kannte, wären stets mit einer Absicht oder gar mehreren verbunden, niemals zweckfrei und wie gesagt, keine Fakten als solche. Vielmehr seien Statistiken eher zu vergleichen mit Abbildungen, da sie eine Aussage unterstreichen oder verdeutlichen sollen, die vorher bereits formuliert war. Deshalb konnten Statistiken durchaus voneinander abweichen auch wenn sie sich auf denselben Gegenstand bezogen. Das lag daran, dass es unterschiedliche Kriterien, Methoden, Blickwinkel und Aspekte gab, immer abhängig vom Auftraggeber und seinen Absichten. Das hieß nun nicht, dass Statistiken gefälscht wären, zumindest nicht im engeren Sinne, etwa so, als ob man zehn Leute nach ihrer Lieblingsfarbe fragte, zwei sagten Blau und man würde nun behaupten, sieben hätten Blau gesagt. Die Manipulation, besser gesagt *Ergebnisvorauswahl* ergab sich schlicht bereits aus der Fragestellung, bzw. aus den vorgegebenen Antwortoptionen. Jede Antwortoption könne je nach Kontext sehr variieren, etwa die „Farbe Grün", die im Zusammenhang mit Wald und Wiesen, Umweltschutz, Fußballspielen, Islam, Ampeln oder Schimmel ganz andere Emotionen und Assoziationen auslösen könne.

„*Gut, das mag sein*", wandte Emil ein: „*aber was hat das alles mit mir zu tun?*" Professor Finetti sah Emil überrascht an. „*Herr Meyer*", sagte er nach einer kurzen Weile, die Augen fest auf Emil gerichtet: „*Entschuldigen Sie bitte, aber ich hielt es für angebracht, Ihnen zunächst grundsätzlich etwas über das Wesen der Statistik, ihren staatlichen Hintergrund, aus der Staatsverwaltung des neunzehnten Jahrhunderts zu verdeutlichen, um hernach gleich auf die Spezifika unserer Angelegenheit zu sprechen zu kommen.*" Befragt, ob er damit einverstanden sei, nickte Emil, wenngleich insgeheim nur widerwillig, da ihm nicht einleuchten wollte, wozu er sich mehr oder minder allgemeine Bestimmungen über Statistiken anhören sollte, wo ihm doch speziellere Fragen, insbesondere nach seiner Auswahl für das eigenartige Verfahren, und nicht zuletzt auch dessen eigentlichen Nutzen auf den Nägeln brannten. Finetti sprach weiter und führte aus, dass die bekannteste Form der Statistik die Expertenschätzung sei, die man vor allen in Massenmedien antreffen könne. Bei Mathematikern sei sie unbeliebt, ja oft sogar verhasst. Mit realer Mathematik hätten jene Experten nichts zu tun, da ihre Expertisen sehr oft auf willkürlichen, bloß gemutmaßten Interpolationen beruhten. Eine amtliche Statistik kennt die Zahl von Verkehrsunfällen, Verletzten und Toten eines Jahres, weil jene Fälle, die angezeigt wurden, von Bezirk zu Bezirk erfasst und summiert, also alle Einzelergebnisse gesammelt und addiert wurden. Im Gegensatz dazu würden nun jene Expertenschätzungen darauf beruhen, ein paar Fälle aus einem Gebiet gedanklich auf das ganze Land hochzurechnen.

„Wenn ich im letzten Jahr meinen Geldbeutel verliere, aber vier meiner Freunde, mit denen ich immer im Wirtshaus sitze, nicht, dann könnte man auf diese Weise schlussfolgern, dass 20 Prozent der Bevölkerung im letzten Jahr ihren Geldbeutel verloren

haben," sagte der Professor, der offensichtlich tatsächlich ein wenig verärgert war.

Auf solche Weise nun entstünden Expertenmeinungen mit Millionen und Milliarden von diesem und jenem, die mit einem Komma, und am besten noch zwei Stellen danach umso glaubwürdiger erschienen. Wenn man aber wüsste, dass selbst professionelle Meinungsforscher selten mehr als tausend Stichproben erhoben, konnte man sich doch leicht vorstellen, wie wahrscheinlich es nun war, dass ein solcher Experte, tatsächlich eine halbe oder etwa achtzig Millionen Proben erhoben haben konnte. Wenigstens aus Mangel an Zeit, war das nicht möglich. Staatliche Statistik hingegen beruhe auf echten Datenmaterial echter Menschen, nicht künstlich errechneter. *"Verstehen Sie was ich Ihnen sagen will, Herr Meyer?"* Emil nickte: *"Ja, ich denke schon: Man muss die Gleichung und ihre Variablen erst kennen, bevor man sie lösen will."* Der Professor freute sich über Emils Verständnis und rieb sich aufgeregt die Hände, als hätten beide sich gerade auf den Abschluss eines lukrativen Geschäfts verständigt: *"Der Zufall, hat kein Gedächtnis, aber der Statistiker ... der hat zwei.*" Finetti lachte laut los und schlug zweimal begeistert mit der Hand auf seinen Schreibtisch.

Als er sich wieder beruhigt hatte, schlug der Professor eine kleine Pause vor und bestellte über seine Sprechanlage zugleich ein Ännchen Kaffee und zwei Tassen. „*Milch? Zucker?*" fragte er Emil, der etwas verwirrt den Kopf schüttelte. „*Milch und Zucker extra*" sagte Finetti in das Gerät. Schon kurz darauf brachte ein junger, athletischer Sekretär in der Art eines Kellners ein Tablett mit einer Kanne, zwei Tassen und Milch und Zucker. Routiniert schenkte er dem Professor und dann Emil eine Tasse ein, stellte die Kanne aufs Tablett ab und verabschiedete sich mit schnellen, wuchtigen Schritten, nachdem Finetti kurz „*Danke, Siegfried*" gesagt hatte. Er goss sich Milch in den Kaffee und ergänzte die Tasse mit fünf oder sechs Stücken Würfelzucker, was Emil erschreckte. Er selbst rührte die ihm zugedachte Tasse nicht an. Der Professor jedoch nahm einen kräftigen Schluck aus der gewiss recht süßen Brühe und sah dann neugierig zu Emil: „*Herr Meyer, Sie fragen sich nun natürlich, worum es hier bei uns eigentlich geht." „Allerdings"*, entgegnete Emil und richtete sich aus einer Art inneren Schlaf auf. *„Nun, ich habe Ihnen einleitend versucht ein paar Grundbegriffe und Begebenheiten des statistischen Wesens zu vermitteln, freilich nur um aufzuzeigen, was unsere Arbeit vom allgemeinen, missbräuchlichen Begriff der Statistik grundlegend unterscheidet."*

Noch einmal hob der Professor zu einem kleinen Vortrag an, so als konnte er die Gelegenheit, jemanden grundsätzliche Gedanken seines Gebietes zu vermitteln, nicht ungenutzt vergehen lassen. Emil dachte sich, dass es unmöglich sein konnte, dass Finetti sich bei jedem seiner Besucher so viel Zeit für derlei Erklärungen nehmen konnte. In jedem statistisch erfassbaren Metier, so erläuterte er mit gewichtiger Stimme, gab es genau genommen nur ein oder vielleicht auch zwei faktisch relevante Kriterien ... ganz gleich, wie viele Kriterien man auch immer berücksichtigen wollte, welch möglicherweise wichtige Zahlen man erheben oder was für ausgefeilte Zählungen man auch immer vornehmen wolle. Etwa so wie im Fußballsport, wo man die Anzahl der Fouls,

Ecken, Freistöße, Verwarnungen ebenso zählte, wie den prozentualen Ballbesitz oder die gelaufenen Strecken einzelner Spieler, die millimetergenaue Höhe des Rasens, die Verteilung des Spielgeschehens in einzelnen Quadranten, Heim- und Auswärtsbilanzen oder die Zuschauerzahlen. Beachtet wurde auch die Glücksjacke des neuen Trainers, die Anzahl der Spiele, zu denen sich der Mannschaftskapitän schon nicht rasiert hatte, ganz zu schweigen von den vielfarbigen, oft grellen Schuhen der Spieler. Und dergleichen. *„Wie interessant das nun alles hier und da sein mag"*, erhob der Professor nochmal die Stimme und mit ihr den rechten Zeigefinger: *„gibt es am Ende trotzdem doch nur die eine einzig relevante Statistik, die Anzahl Treffer und der Gegentreffer."*

Lautete das Ergebnis 2:1, so hatte das Heimteam gewonnen und niemand interessierte sich dann noch für bunte Schuhe, Frisuren, Kilometer oder Kalorien. Solches Drumherum zog man allenfalls bei der Fehlersuche in Erwägung. Sieg, Niederlage und Unentschieden waren jedoch nur möglich, rechnerisch wahrscheinlich also zu einem Drittel. Erfahrungswerte zeigten nun, dass die Zahl der Heimsiege doppelt so hoch war wie die der Auswärtssiege. Die häufigsten Ergebnisse waren 2:1, 1:0 und 1:1. Wer nun also – ohne die Mannschaften zu kennen – auf ein 2:1 der Heimmannschaft tippte, durfte tendenziell die besten statistischen Wettchancen haben, könnte aber auch vom tatsächlichen Endergebnis richtigliegen.

Emils Geduld war längst aufgebraucht. Warum sollte er sich all diese Reden anhören? Er fasste allen Mut zusammen, nicht wissend, welche Konsequenzen es haben konnte, sich einem vom Staat beauftragten Statistiker ins Wort zu fallen. *„Können wir nun also bitte, endlich auch zu der für mich relevanten Frage kommen. Ich bitte sie, Herr Professor!"*

Der Professor lächelte milde, und entschuldigte sich: *„Ja, natürlich. Entschuldigen Sie, dass ich schon wieder zu weit ausgeholt habe. Worum es bei uns geht, und warum Sie bei uns sind, lässt sich nun, nachdem Sie einige Grundzüge erfahren haben, auch ganz einfach zusammenfassen."* Er erläuterte, dass die Behörde im Sinne des Allgemeinwohls das umfangreiche Zahlenmaterial amtlicher Statistiken anhand von realen Personen überprüfe und sozusagen per Hand nachjustiere. *„Das ist natürlich nicht ganz so einfach wie es klingt, umfasst es ja doch, wie Sie bereits wissen und ahnen, sehr viele Einzelfragen, Untersuchungen und Messungen."* Finetti wies darauf hin, dass Emil sich keine weiteren Sorgen machen müsse, etwa in Bezug auf Miete, Arbeitsplatz und dergleichen. All diese Kosten würden übernommen. Da er zur Interpolation des nationalen Durchschnitts dem Allgemeinwohl diene, sei das aber selbstverständlich. Emil begriff allmählich, dass die ganze Angelegenheit mit der Besprechung wohl nicht zu Ende wäre, warum sollte auch sonst gar von der Übernahme von Mietkosten die Rede sein? Für ein paar Stunden war der Verdienstausfall letztlich überschaubar. Auf seine Nachfrage erfuhr Emil, dass er sich bereits am nächsten Tag früh um zehn Uhr im Optimierungszentrum des Innenministeriums zur statistischen Betreuung einfinden müsse.

„Und was ist, wenn ich mich weigere?" wandte Emil ein. *„Warum sollten Sie sich*

weigern wollen?" fragte der Professor milde lächelnd zurück und bot Emil noch einmal Kaffee an. *„Egal warum, nehmen wir an, ich will nicht oder ich habe etwas Besseres zu tun."* Der Professor blieb ruhig, stand auf und holte aus seiner Schublade ein Formular heraus. *„Herr Meyer, gegen das Allgemeinwohl zu verstoßen ... das wäre ganz einfach keine gute Idee. Wir rechnen fest mit Ihnen, Herr Meyer. Wir zählen auf sie."* Emil fielen die Wortspiele auf. Er fühlte sich überrumpelt und wusste nicht was er sagen sollte. Der Professor füllte schnell ein paar Angaben im Formular aus und trennte einen roten und einen grünen Durchschlag davon ab und gab Emil das weiße Original in die Hand: *„Damit gehen Sie morgen früh zum Optimierungszentrum. Auf der Rückseite steht, was Sie alles im Gepäck haben sollten."* Emil nahm das Blatt, drehte es um und überflog kurz zwei Spalten mit viel Kleingedruckten und insgesamt immerhin 26 nummerierten Unterpunkten. *„Aber was wäre nun die Konsequenz bei einer Weigerung?"* *„Dem Allgemeinwohl kann man sich nicht verweigern, Herr Meyer. Das Programm wäre genau dasselbe, nur dann eben mit* *staatlicher Beugung und polizeilicher Gewalt. Aber das wäre nicht nur dumm und enttäuschend, sondern auch schmerzhaft und vor allem viel langwieriger, da man im Anschluss an das Programm ja auch noch in Haft bleiben muss, vielleicht für Jahre, ohne Kostenübernahme und Verdienstausfall. Wie schon gesagt, es wäre einfach keine gute Idee und ganz unvernünftig. Das Allgemeinwohl ist nun mal der höchste Wert in unserem Staat. Wir dürfen also mit Ihnen rechnen, Herr Meyer."* Der letzte Satz war hörbar keine Frage. Emil wollte sich nicht anmerken lassen, dass er zitterte. Er vermochte nicht zu entscheiden, ob es vor Angst oder Kälte war, vielleicht auch aus Wut. Der vorhin noch redselige und weitschweifige Professor ließ seinen Gehilfen kommen und bat ihn, Emil nach draußen zu geleiten. Er gab ihm noch nicht mal mehr die Hand, sondern nickte nur als würde er einem flüchtigen Bekannten auf der gegenüberliegenden Straßenseite beiläufig grüßen.

Das Optimierungszentrum

Das Optimierungszentrum befand sich am Stadtrand nahe der neugebauten Universität in einem wuchtigen, kreuzförmigen, fünfundzwanzig Etagen hohen, modernen Hochhaus aus Beton und Glas und gewagten architektonischen Fassadenelementen, die dem Haus den Eindruck verleihen, als sei es mit einem Fischernetz überzogen. Im Inneren des Hauses gab es in der Mitte einen quadratischen Raum mit acht Aufzügen, je zwei auf einer Seite. Die Wände des Aufzugraumes schimmerten ockerfarben, während die Aufzugtüren selbst in Goldmessing die Besucher spiegelten, dieweil am Boden weinrote Teppiche lagen. Emil wunderte sich darüber, dass ein Nebengebäude eines Ministeriums in solcher Weise luxuriös anmutend ausgestattet war. Obwohl er ungern mit Aufzügen fuhr und wann immer möglich die Treppe nehmen wollte, entschied Emil sich trotzdem dafür den Lift zu nehmen, nachdem er im Foyer gelesen hatte, dass der Raum 2137, in dem er vorstellig werden sollte, sich tatsächlich in der einundzwanzigsten Etage befand. Das war auch für Emil zu viel.

Als er die Türe mit der Nummer 2137 erreichte, klopfte er, doch antwortete niemand und so öffnete er die Türe selbst, zögerlich und nur soweit, um durch einen Spalt mit gesenktem Haupt einen kurzen Blick zu erhaschen. Anders als Emil erwartet hatte, befand sich hinter der Türe jedoch kein Büro, sondern eine Art Schulungsraum. Es gab zehn Reihen von Bänken mit jeweils zehn Stühlen und vor ihnen befand sich ein Pult. Obwohl Emil eine Viertelstunde vor seinem vermeintlichen Termin angekommen war, waren fast alle Plätze besetzt. Er betrat den Raum, in welchem fast nur Frauen und nur sehr wenige vereinzelte Männer saßen. Sie alle redeten miteinander, weshalb es ein lautes Stimmengewirr gab. Emil ging zum Pult, wo ein großer, leicht gebeugter bärtiger Mann in Polizeiuniform saß, dessen Anblick auf Emil komisch wirkte, so als wäre er ein Zauberer aus einem Märchenbuch. Der Polizist sprach mit einer Frau, weshalb Emil sich hinter ihr anstellte und sich ein wenig zum Raum mit den Bänken drehte. Sein Blick wanderte den Raum entlang und zählte 12 Reihen und tatsächlich, fast alle Plätze waren besetzt. Nur drei oder vier Plätze waren noch frei. Der Polizist sagte zur

Frau: *"Dann nehmen Sie mal Platz, Frau Wunsch."* Dann wandte er sich Emil zu: *"Und Sie, ... wer sind Sie?"* Emil stellte sich vor und zeigte das rote Formular, das er am Vortag vom Professor erhalten hatte. Der Polizist sah in seiner Liste nach und als er dort den Namen Emil Meyer fand, war er zufrieden und hakte den Namen ab.

Emil nahm Platz auf einem Stuhl in der dritten Reihe zwischen zwei Frauen, die beiden gewiss schon über vierzig Jahre alt waren. Links von ihm saß eine dickliche, blasse Frau mit bäuerlichem Gesicht und strohartigen, unfrisierten Haaren, die sich offenbar zu keiner Frisur formen lassen konnten. Ihre Kleidung war ungünstiger Weise wenigstens eine Größe zu klein gewählt, was ihr ein unbequemes, gequetschtes Äußeres verlieh. Sie errötete sofort als Emil sie begrüßt hatte. Auf seiner anderen Seite saß eine äußerst dicke Frau, die zudem noch sehr groß war und deshalb fast bedrohliche Ausmaße hatte. Sie war in schwarz gekleidet, hatte ein Palästinensertuch um den Hals, Tätowierungen an den Armen, einen Nasenring und als würde sonst etwas fehlen zudem weite Teile ihres struppigen Kopfhaares in tomatenroter Farbe gefärbt, was einen irritierenden Kontrast zu ihrem wulstigen, aber zugleich blassen Gesicht, bildete. Offenbar war die Mehrzahl der Personen, die wie Emil in den Reihen Platz genommen hatten übergewichtige Damen über vierzig Jahren mit einem sichtbaren Mangel an Eleganz und modischen Geschmack.

Der Polizist bat nun um Ruhe und begann seine kurze Begrüßung der Versammelten. Zuallererst müsse eine Anwesenheitsliste unterschrieben werden, die er sogleich in der ersten Reihe aushändigte. Jeder Anwesende sollte neben seinem Namen unterschreiben. Künftig diene diese Liste als Beleg für die Teilnahme an der Optimierungsmaßnahme, die ja bekanntlich verpflichtend sei. Damit verabschiedete sich der Polizist auch schon wieder und übergab das Wort an eine jüngere, fast schülerhaft wirkende Dame, die Emil bislang nicht bemerkt hatte, aber wohl hinter dem Polizisten gestanden hatte. Sie stellte sich als Elvira Katzer vor: *„Mein Name ist Elvira Katzer und ich Optimierungsbeauftragte des Innenministeriums und ich beglückwünsche Sie alle schon* *jetzt dafür, dass sie zur Teilnahme ausgewählt wurden. Betrachten Sie diese als einmalige Chance für Ihre ganz persönliche Optimierung."*

Am Ende der Einführung verteilte Frau Katzer das Programm für die ersten drei Monate der Optimierungsmaßnahme, das eine Anzahl von einzelnen Vorträgen mit diversen Referenden und Themen auflistete. Darunter waren allgemeinere Themen wie Ernährungslehre, die Bedürfnispyramide nach Maslow, Konflikttraining nach Marshall Rosenberg, Grundbegriffe der Statistik, Bewertung von Massenmedien und dergleichen. Vorgesehen waren auch eine Reihe von praktischen Einheiten, wie etwa Kochunterricht, Biographiearbeit, Basteln, diverse medizinische Untersuchungen und Ausflüge in verschiedene Firmen und Institutionen. Der Morgen begann mit einer obligatorischen, aber angesichts der großen Teilnehmerzahl dann doch recht langwierigen Vorstellungsrunde. Jeder Anwesende sollte kurz über sich Auskunft geben: Name, Alter, Familienstand, Beruf, Herkunft, persönliche Neigungen und dergleichen. Emil war als dreiundzwanzigster an der Reihe und als erster

Mann, was von den Teilnehmerinnen auch entsprechend wahrgenommen und kommentiert wurde. Alle Frauen, die sich vor ihm vorgestellt hatten wenigstens ein Kind, die meisten zwei, wenige drei und zwei von ihnen hatten vier Kinder. Eine der Frauen, die bereits 57 Jahre alt war, hatte auch bereits zwei Enkel. Bemerkenswert für Emil war die hohe Anzahl von ehemaligen Schneiderinnen unter den ersten Damen, ebenso wie der Umstand, dass fast zwei Drittel der Frauen außerhalb Deutschlands geboren wurden. Sie stammten aus den verschiedenen Staaten des ehemaligen Jugoslawien, aus Polen, Russland, der Türkei, diversen arabischen Staaten, aus Afrika und aus Rumänien. Emil fragte sich, ob diese Häufung tatsächlich dem Durchschnitt der Bevölkerung entsprechen konnte. Sicherlich war dem eher nicht so, aber der Schnitt konnte sich ja bis zur vollständigen Vorstellung der Gruppe sicher noch ändern.

Emil stellte sich vor als: Emil Meyer, 45 Jahre alt, unverheiratet und ohne Kinder, von Beruf Kapitalanlagenberater und Versicherungskaufmann eines großen deutschen Bankhauses, gebürtiger Deutscher mit rein deutschen Vorfahren (*„früher hätte man Arier gesagt"*), mit ziemlich genau durchschnittlichen Monatseinkommen und diversen Vorlieben und Hobbies wie Reisen, Fußball und Kino, wobei die letzten beiden natürlich nur passiven Leidenschaften als Zuschauer seien. Aus einer der hinteren Reihen rief jemand mit einer wahrscheinlich eher männlichen Stimme: *„Scheiß Bayern!"* dazwischen, doch Emil ließ sich nicht darauf ein, sondern genoss den solcherart artikulierten Neid. Die schwarz gekleidete Dicke mit dem Palästinensertuch und den rotgefärbten Haaren stellte sich mit lispelnder Stimme als Renate Trautmann vor. Ihren Angaben gemäß war sie 47 Jahre alt, ebenfalls geschieden mit drei Kindern, wovon eines ein Pflegekind war. Beruflich nannte sie sich *„vielseitig"*. So habe sie bereits als Bedienung, als Gärtnerin, als Domina und als Leichenbestatterin, besser gesagt als Leichenwäscherin gearbeitet und zuletzt hatte sie es in der Betreuung von dementen Alten versucht, sei aber nicht mit dem Verhalten der Senioren zurechtgekommen. Auch unter den anderen Besuchern des Optimierungsprogramms mangelte es nicht an geschiedenen Müttern. Nur drei der Frauen, von denen die jüngste wohl 37 Jahre alt war, hatte keine Kinder, nur eine war nie verheiratet gewesen. Die drei anderen Männer waren zwischen vierzig und fünfzig Jahre alt, Elektrotechniker, Hausmeister und Schlosser, allesamt geschieden und mit einem oder zwei Kindern, die freilich bei den Müttern lebten.

Nach der Vorstellungsrunde, die fast vier Stunden lang dauerte, begann die erste Einführung über Ernährungsfragen. Emil hatte Mühe, den Ausführungen, die sich weitgehend auf Allgemeinplätze begnügten, zu folgen und drohte einige Male einzuschlafen. Nach der Mittagspause wurde die Ernährungspyramide der Deutschen Gesellschaft für Ernährung mit deren Ratschlägen vorgestellt, wovon einer lautete, jeden Bissen zweiunddreißigmal zu kauen. Etwas später sagte der Dozent, ein glatzköpfiger kleiner Mann, dass Soja die schlimmste Pflanze der Welt sei, da nach spätestens fünf Jahren die Böden, auf den man Soja anbauen würde, leer und brach seien. Emil meldete sich nun zu Wort und wandte ein, dass wenn dem wirklich so wäre, Soja sehr wahrscheinlich kaum Antike und Mittelalter hätte überstehen können. Doch Emil wurde schnell durch weitere Wortmeldungen überstimmt, die bestätigten, dass sie selbst schon ähnliche Berichte über die Schädlichkeit des Sojaanbaus im Fernsehen gesehen hätten. Überhaupt, so wandten nun einige ein, wäre „dieses ganze Bio-Zeugs einfach nur Schwindel und Abzocke", weil es „genauso" schmecke wie gewöhnliche Lebensmittel. Emil versuchte sich noch einmal einzubringen und stellte fest, dass das ja gerade der wesentliche Punkt an Bio-Lebensmitteln sei, dass man nämlich den selben Geschmack auch ohne Düngemittel und Pestizide hinbekommen könne. Doch auch hier folgten sogleich zahlreiche Einwände. Wenn das Essen mit Pestiziden genauso schmeckte wie ohne, wie sollten Pestizide dann schädlich sein? Emils Einwand, dass Pestizide keine Geschmacksstoffe, sondern Gifte seien und es viele Gifte gab, die man nicht schmecken könne, selbst Radioaktivität würde man nicht schmecken, blieb ohne Wirkung. Seine Position war verloren, da sich ihm niemand anschließen wollte, mit Ausnahme einer Afrikanerin. Gewiss sprach sie aber mit einem solch starkem Akzent, dass er nicht alles verstand was sie sagte und war sich ihrer Zustimmung auch nicht wirklich sicher.

Nach dem ersten Tag im Optimierungszentrum fuhr Emil in sein Büro. Er arbeitete einige Minuten an seinem Monitor, als er die vertraute Stimme seines Kumpels Thomas hörte: *„Herr Meyer*?!" Emil drehte sich erfreut um: *„Hallo Thomas, Du warst vorhin nicht da als ich gekommen bin. Wie geht`s? Was gibt`s? Hast' ein neues Zockerspiel?"*

Ohne Emils Antwort abzuwarten hatte sein Vorgesetzter das Zimmer bereits wieder verlassen. Emil sah verdutzt seinem Freund nach, lächelte verschmitzt und freute sich insgeheim bereits auf eine wohl skurrile Überraschung. Wie oft schon hatte Thomas ihn zu sich ins Büro gerufen, zugegeben zwar nicht beim Familiennamen, wie eben gerade, aber doch sehr regelmäßig- etwa dann, wenn Thomas einen Softporno oder ein absurd komisches YouTube-Video entdeckt hatte: Frauen, die im Schlamm kämpften, Pannenvideos, von Skateboardfahrern, die beim Sprung über Geländern hängenblieben, oder putzige Tierfilmchen von Hühnern die mit Katzen kuschelten oder von einem Hasen, der kämpferisch einen wesentlich größeren Hund in die Flucht schlug. Schließlich auch sportliches, etwa der Abschlag eines ägyptischen Zweitliga-Torwarts der nach zwei Aufsetzern im gegnerischen Tor landete. Dinge dieser Art, vielleicht aber auch das neueste Ballerspiel. Gerade deshalb zog sich Thomas mit seinem Kumpel schon des Öfteren zu einer Konferenz oder Lagebesprechung zurück, war für den Rest des Tages nicht mehr zu sprechen, d.h. sie zockten nicht nur bis Dienstschluss, sondern lange darüber hinaus. Um neun Uhr ließen sie sich meist eine Familienpizza kommen und erst nach Mitternacht besannen sie sich auf den nächsten Arbeitstag, falls nicht gerade das Wochenende bevorstand. Doch als Emil nun Thomas` Büro betrat, stand neben dessen Schreibtisch eine junge, etwas pummelige Frau mit schwarzen Stöckelschuhen, schwarzen, gemusterten Seidenstrümpfen, darüber ein schwarzes Kostüm und zuletzt mit einem schwarzen, einigermaßen modischen schwarzen Kopftuch. Es war das erste Mal, dass Emil ein muslimisches Kopftuch mit einem bestenfalls kniehohen Rock und mit Seidenstrümpfen und hochhackigen Schuhen kombiniert sah. Die Frau freilich erkannte er wieder als eine Mitarbeiterin namens Lakwaiz, die wohl aus Pakistan oder einem ähnlichen Land stammte. Seit wann trug sie ein Kopftuch und warum stand sie in Thomas` Büro?

„*Emil*," begann Thomas sofort: „*Wir haben ja vor ein paar Wochen schon über die anstehende Umstrukturierung gesprochen. Wir müssen Dir mitteilen, dass deine Abteilung ab nächsten Monat der von Frau Lakwaiz zugeordnet wird.*" Emil begrüßte sie, doch Frau Lakwaiz nickte nur, wobei sie ihre Augen jedoch nicht zu ihm, sondern auf Thomas richtete. Emil verwunderte dies, hatte er doch erst im Optimierungskurs gelernt, dass eine muslimische Frau einen fremden Mann nicht ansehen dürften, um ihm keine *falschen Signale* zu übermitteln. Wenn sie ihn also nicht ansah, mochte das - durchaus stimmig sein, aber warum sah sie Thomas an, der doch mit ihrer gemeinsamen Mitschülerin Christiane verheiratet war und mit ihr drei prächtige Kinder hatte.

„Ab sofort gehen alle Angelegenheiten direkt in die neue Abteilung" ergänzte Thomas. *„Zu Frau Lakwaiz ...?"* fragte Emil zurück *„Ja, genau"*, lautete Thomas' Antwort. Die Frau neben seinem Schreibtisch nickte, doch dieses Mal richtete sich ihr Blick auf Emils untere Körperhälfte. *„Wo wird die neue Abteilung eingerichtet? Müssen wir umziehen?"* wollte Emil nun wissen. *„Oh, nein, Herr Meyer, Sie verstehen nicht ..."* antwortete sein Chef. Emil gab sofort zurück: *„Warum denn plötzlich 'Herr Meyer', ähm ... Herr Schmitz ...?"*

„Du musst gar nicht umziehen" antwortete Thomas Schmitz: *„genau darum geht es ja. Angesichts der angespannten Finanzlage nach der Bankenkrise ... mussten wir auf Weisung der Zentrale in Frankfurt Rationalisierungsmaßnahmen vorlegen. Es war verdammt schwer und fällt mir nicht leicht. Du verstehst?"* *„Nein, was soll das heißen?"* *„Nun wir, wir lassen Dich gehen."* Emil war sichtlich konsterniert: *„Ihr lasst mich ... gehen? Was ... was bitte soll das ...?!"*

Frau Lakwaiz unterbrach das etwas peinliche Schweigen: *„Herr Meyer, darf ich offen* *sein? Die Innenrevision hat Ihre Arbeit einige Wochen begutachtet. Zweifelsohne arbeiten Sie sehr gründlich, aber, wenn ich es auf den Punkt bringen darf, auch sehr teuer. Zumindest angesichts ihrer Bevorzugung konservativer Anlagen zuungunsten gewinnorientierter Strategien."*

Emil wandte ein, dass man ihm meist ältere Kunden vermittelt habe, die keine größeren Risiken eingehen wollten, ginge es doch um deren Altersvorsorge und nicht um spekulative Renditechancen. *„Wie lange arbeiten Sie jetzt schon für unser Haus?"* fragte die neue Abteilungsleiterin. *„Genauso lange wie Thomas, ... also Herr Schmitz. Wir sind Freunde seit Schultagen."* Der erwähnte half aus: *„Siebzehn Jahre sind es im April geworden. Wir haben beide unsere Lehre hier begonnen"*. *„Siebzehn Jahre, das ist ganz hervorragend, Herr Meyer. Dann ist es doch für Sie genaugenommen die Gelegenheit für einen Neuanfang. Meinen Sie nicht?"* fuhr Frau Lakwaiz fort. Emil hatte Mühe seine Verärgerung zu unterdrücken. *„Sie wollen mich also tatsächlich rauswerfen? So einfach geht das nicht, nach all den Jahren."*

„Nun ja, Du wirst natürlich ausbezahlt nach Vertrag und bekommst eine sehr gute Abfindung, keine Frage. Und nun ja, ein neues Leben, davon hattest Du doch erst letztens noch geträumt. Mit deinen Referenzen und Qualifikationen findest Du doch sicher schnell eine neue Position. Versuch doch mal was mit alten Leuten. Heimmanagement oder so was. Du hast da ein Händchen dafür." Emil mochte die Ausführungen seines Freundes aus Kindertagen nicht glauben. Was war in ihn gefahren? Thomas sah Emil mit erhobenen Augenbrauen an, so als ob er „ist noch was" fragen wollte, dann drehte er sich um zu Frau Lakwaiz und sagte zu ihr: *„Jetzt brauchen wir nur noch mit Müller, Ülker und dem Ehepaar Pfaud sprechen."*

Emil, der die ganze Zeit wie angewurzelt dagestanden war taumelte leicht zur Türe. In der Schwelle drehte er sich noch mal um und fragte nach seinen aktuellen Kunden, mit welchen er schon so weit vorangekommen sei, dass die Verträge praktisch unterschriftsreif wären. Thomas antwortete ihm, dass er noch den Rest der Woche Zeit habe:

„Danach fällt alles automatisch an die Abteilung von Frau Lakwaiz." Emil nickte ernüchtert und sachlich, zögerte trotzdem noch einen Augenblick und fasste nochmals Mut: *„Können wir uns nachher noch mal sprechen?"* Thomas zögerte, blieb aber kalt: *„Lassen Sie sich, ... äh ... lass Dir einen ... Termin geben, oder ... machen wir es doch ... so, dass wir den ... äh ... Abschied am Freitag bei der Büroübergabe machen. Bis dahin lass es Dir einfach gut gehen. Du bist doch jetzt ein freier Mann."*

Nach einigen Wochen im Optimierungszentrum hatte Emil sich fast daran gewohnt, vielleicht sogar damit abgefunden, „durchschnittlich" zu sein. Denn ausgewählt zu sein, den Normalmenschen repräsentativ zu verkörpern, war weit weniger banal oder gar abwertend, als er es sich zunächst vorgestellt hatte. Es hatte durchaus seine Reize und eine innere Logik, dem Durchschnitt zu entsprechen. Gewiss waren Superhelden, Filmstars, Sportler und andere Berühmtheiten wenigstens in den Medien für irgendeine Besonderheit beliebt, doch fast alle Normalbürger mit einem geordneten eigenen Leben wussten, dass es Personen waren, deren Erlebniswelten sich grundlegend von ihrem eigenen Alltag unterschieden, auch weil sie sehr oft stilisiert waren und auf Klischees basierten. Mit dem Leben Normalsterblicher hatte all dies jedenfalls eher zufällig zu tun. Immer dann aber, wenn jemand sich dem wahrscheinlich nur künstlich arrangierten Leben der Stars und Sternchen abgrenzen wollte, betonte man ausdrücklich die eigene Normalität und Durchschnittlichkeit. Es hieß dann, man sei ganz normal geblieben. Der Nachwuchsstar, der nicht abgehoben sei und dergleichen. Doch an wem genau orientierte man sich dabei? Fußballer, Schauspieler, Politiker und andere Prominente hatten viel zu bieten an allem, was in verschiedensten Kontexten bemerkenswert erscheinen mochte. Wer aber war nun eigentlich das Vorbild für alles was man sich als normal oder durchschnittlich vorstellte? Es gab niemanden der bundesweit dafür bekannt war, weil er aufs Komma genau den Durchschnittslohn erhielt, keine Hausfrau kam ins Fernsehen, weil sie so viel Waschmittel im Jahr verbrauchte wie ihre statistisch aus Angaben der Hersteller und Einzelhändler berechnete virtuelle Kollegin. Es gab keinen Teenager, der andere mit der täglich von ihm gerauchten Zigaretten beeinflusste, dem alle anderen genau folgen wollten, ebenso wenig wie die Familie, die man im Jahresrückblick ins Fernsehstudio einlud, bloß weil sie die statistische Durchschnittsmiete bezahlte.

Obwohl es „den" Durchschnittsmenschen als publiziertes Leid- oder Vorbild letztlich gar nicht gab, orientierte sich der Bürger mehr an ihm als an den zahlreichenen Berühmtheiten. Der Gedanke der statistischen Optimierung, der die Behörde antrieb, gewann für Emil immer mehr an Reiz. Fast erschien es so, als ob das frühere Ideal der Superhelden, der edlen Rittern oder Kriegshelden bis zu Supermännern, aktuell an erstrebenswertem Wert eingebüßt hatte. An die Stelle des in früheren Zeiten erhofften oder angebeteten Messias war das Ideal des sozial verantwortlichen, „normalen" Menschen getreten. Längst hinterließ es auf das Verhalten des einzelnen einen starken, nachhaltigen Eindruck, wenn es hieß, über 87 Prozent der Bürger seien dieser oder jener Meinung. Wer wollte denn auch schon zur Minderheit der 6 Prozent gehören, oder zu den übrigen „Unentschlossenen"? Wie wollte man denn auch nicht einer Meinung zu einem Thema zustimmen, die fast alle vertraten ohne es zu wissen. Warum sollte man sich nicht freuen, wenn man tatsächlich mal das unverhoffte Glück haben sollte, zufällig ausgewählt zu werden, um repräsentativ befragt zu werden. Was für eine Ehre mit vielleicht weitreichender Wirkung das haben mochte, war den meisten wohl gar nicht so bewusst. Vielleicht lag das auch daran, dass viele repräsentative Umfragen eher künstlich produziert worden waren. Emil jedoch fühlte einen gewissen Stolz in sich aufsteigen, wenn er sich vorstellte, dass er künftig repräsentativ sein mochte, so wie früher allenfalls Könige oder Fürsten das Volk oder etwas abstrakter gesagt, den Volkswillen verkörperten.

Es bereitete ihm jedoch durchaus Kopfzerbrechen, wie die überwiegend dicklichen und ältlichen Frauen durchschnittlicher sein konnten als er selbst, der sich nun tatsächlich jede denkbare Mühe gab, sich anzupassen und nicht aus der Masse herauszustechen. Schon gar nicht wollte er von seiner äußerlichen Erscheinung auffallen. Das entsprach auch seiner Erziehung. Als er sich als Kind spezielle, auffällige und teure Jacken und Sportschuhe wünschte, erklärte ihm seine Mutter, welches Risiko er damit eingehen würde. Mit bekannten Markenschuhen und Jacken würde er Leute auf sich aufmerksam machen, die er nicht kannte und wohl niemals kennenlernen wollte, nämlich Neider, die ihn vielleicht nur deshalb verprügeln wollten, weil sie ihn für einen reichen Schnösel hielten, oder Kriminelle, die ihm eine blutige Nase verpassten, seine Schuhe, Jacke und Hose auszogen, weil sie sie die Beute irgendwo für gutes Geld verkaufen konnten, während er halbnackt und erniedrigt im Dreck liegen würde. Dinge dieser Art, passierten überall in der Stadt, selbst auf Schulhöfen und das sollte er bedenken. Wollte er ein solches Risiko wirklich eingehen, nur um einer wohl nur zeitweiligen Mode zu folgen, die in ein paar Monaten schon wieder eine andere sein konnte. Es war nicht so, dass Emil die Argumentation seiner Mutter nicht einleuchtete oder folgen wollte. Emil wusste natürlich, dass sie als Betreuerin in der Jugendfürsorge gewiss über einschlägige Erfahrungen verfügte. Immer hatte sie ihrem Sohn zu jedem seiner Verhaltensweisen anschauliche Beispiele ihrer zahlreichen Klienten entgegengehalten. Als sie erstmals Anzeichen dafür fand, dass er zu masturbieren begann, sprach sie ihn direkt darauf an, jedoch nicht ohne ihn darüber aufzuklären, dass sein neues Hobby völlig normal sei und wahrscheinlich wenigstens neun von zehn seiner Mitschüler genau dasselbe täten. Diese Offenheit konnte sogar so weit gehen, dass sie bei einem Besuch von Mitschülern dieses fragte, ob sie auch bereits wie ihr Sohn regelmäßig onanierten, was außer roten Köpfen und betroffenem Schweigen jedoch nicht erbrachte. Wenn er Pickel hatte, erfuhr er, dass er dies mit fast der Hälfte seiner Altersgenossen gemeinsam hatte und dass er die Störenfriede tunlichst nicht aufkratzen solle, um nicht Wunden davon zu tragen wie etwa Peter oder Robert, zwei von ihren Schützlingen, die wie viele andere schon Gäste im Haus waren.

Um nun den Vorgaben des Optimierungszentrums zu entsprechen, entwickelte Emil einigen Eifer, lieh sich zahlreiche Bücher zu den angesprochenen Themen und recherchierte endlose Stunden im Internet. Sein ausgeprägter Bezug zu Zahlen, Daten und Fakten wurde jedoch von den vielen anderen Teilnehmern mehr als wettgemacht. Wussten doch viele von ihnen zu jedem denkbaren Thema wenigstens drei oder vier bestätigende Anekdoten zu erzählen, die weit mehr Aufmerksamkeit erzielten, als die von ihm zitierten Prozentsätze aus weitgehend unbekannten Fachartikeln. *„Das erinnert mich an meinen Onkel, dem vor 4 ½ Jahren, ich glaube es war kurz vor Ostern, genau dasselbe passiert ist"*, oder *„meiner Tochter, sie studiert ja schon im dritten Semester ist es auch so ergangen. Das war für sie sehr schlimm damals"*.

Manchmal widersprach jemand anderes in einem kleinen Detail und sagte, dass seine Erfahrung damit nicht so gewesen sei: *„Also bei mir war das nicht so."* Meist schloss sich die übergroße Mehrheit aber den Erzählungen der Dozenten an. War der eine für Vegetarismus, so hielten die meisten es auch für vernünftig, sich gesund und bewusst zu ernähren, freilich ohne zu „übertreiben" und wenigstens eine kannte dann wohl auch mal einen Veganer, der „*rein gar nichts aß, was von Tieren stammte*" und sogar ablehnte Lederschuhe zu tragen. Sprach aber eine andere Dozentin von ihrer Vorliebe für Grillabende, fanden dieselben Teilnehmer dementsprechend auch Erinnerungen von früheren Sommerfesten und Rezepten, der Eltern, Freunde oder Nachbarn. All das mochte letztlich nur belegen, dass man im Lauf seines Lebens so viele unterschiedliche Erfahrungen und Meinungen kennenlernte, dass man letztlich jeden Standpunkt annehmen und rechtfertigen konnte. Es bedurfte nur eines äußeren Anlasses, entsprechendes Wissen abzurufen.

Emil erzählte von sich aus nichts aus seinem Leben, es sei denn, man stellte ihm eine konkrete Frage. Doch auch dann antwortete er knapp, einsilbig und unbestimmt. Anfangs fand er die Vielzahl der Berichte aus dem Leben und Erlebnissen der Gruppe höchst unterhaltsam, erlaubten sie ihm doch einige Einblicke in das Alltagsleben jener Leute. Dass es Leute waren, mit denen er gewiss niemals ins Gespräch kommen würde, hatte das durchaus Reize. Doch im Laufe der Zeit verlor er sich durch die stetige

Wiederholung und die Beliebigkeit. Eigentlich jedes Thema wurde durch die unausweichlichen Anekdoten aufgebläht und verzögert, in aller Regel auf Kosten relevanter Fakten. Wie bereits in der Schule begann Emil wieder zu rechnen, wobei ihm die digitale Wanduhr an der Wand half. Stand dort 9:39, so lautete die damit verbundene Rechenaufgabe, neun durch neununddreißig zu teilen, was grob überschlagen ungefähr ein Viertel ergeben musste. Die genaue Rechnung ergab jedoch 0.230769, wobei sich die Sequenz der Zahlen 230769 immer weiter wiederholte. Emil las die Zahl nach einigem Überlegen als 23. Juli 69, was sich ebenso auf 1969 beziehen konnte, wie auf frühere Jahrhunderte. Ob ein solches erdachte Datum eine Relevanz haben mochte, war nicht klar. Was sollte es nun auch bringen, täglich um 9 Uhr 39 an einen 23. Juli 69 denken? Es war ja nun auch nicht so, dass jede Rechnung ein Datum ergab, ganz im Gegenteil, war dies nur ganz selten so. Die Uhrzeit 11 Uhr 27 etwa ergab gerechnet als 11 durch 27 sodann auch 0,407, wobei sich auch hier die 407 immer weiter wiederholte. Das war vielleicht eine Zimmernummer im Hotel oder in einer Behörde. Wie sollte man

das wissen oder besser gesagt, wer außer E-
mil dachte überhaupt über solche Fragen
nach? Wahrscheinlich niemand. Doch mit
den solcherart aufgeworfenen Fragen erstmals im Bewusstsein, war es nur eine Frage
der Zeit, bis Emil Hinweise für sie fand. So
erfuhr er am 23. Juli im Morgenmagazin eines TV-Senders dann auch beiläufig, dass
dies in den USA der Tag des Vanilleeises sei
und zwar seit 1969. Emil war wie elektrisiert
und sprang auf, als müsste er einen Zimmer-
brand löschen. Aufgesprungen sah er auf
seine Zimmeruhr, doch sie zeigte nicht 9
Uhr 39, sondern 6 Uhr 37 morgens und das
gab in derselben Rechenweise die sich wie-
derholende Ziffernfolge 162, die wahrscheinlich keinen Bezug zu Vanilleeis hatte.
Während Emil Stunden später im Optimierungszentrum darüber nachdachte, refe-
rierte der Dozent gerade über die Produk-
tion menschlicher Tränenflüssigkeit. Sicher
war Vanilleeis eher ein Trost für Tränen als
ein Auslöser der selbigen. Emil lernte ne-
benbei zuhörend, dass der durchschnittliche
Mensch etwa einen Milliliter Tränenflüssigkeit pro Tag produzierte, wobei Kinder die
doppelte Menge eines Erwachsenen zu-
stande brächten. Das war erstaunlich, da es

kaum etwas geben mochte, worin Kinder Erwachsenen objektiv überlegen waren, vorausgesetzt freilich man begriff Tränenflüssigkeit als solche als eine persönliche Leistung. Weinten Kinder letztlich nur deshalb mehr als Erwachsene, weil sie „von Natur aus" mehr Tränen produzierten als Erwachsene oder war es genau umgekehrt, produzierten sie mehr, weil sie mehr weinten? Emil fragte den Dozenten danach, doch wusste dieser keine Antwort, verwies aber darauf, dass es wesentlicher, dass die Tränenflüssigkeit stets die Hornhaut der Augen benetzte, weil diese ansonsten austrockne, was letztlich zur Erblindung führe. Erneut meldete sich Emil zu Wort und fragte, ob Weinen in Bezug auf die Austrocknung der Hornhaut nun vorteilhaft oder nachteilig wäre, aber auch mit dieser Frage erhielt er nur Stirnrunzeln, während sich sogleich eine muslimische Frau zu Wort meldete und von ihrem Sohn berichtete, der inzwischen 16 Jahre alt sei, aber vor seiner Einschulung ein sehr weinerliches Kind gewesen sei. In der zweiten Klasse hatte er damit aber aufgehört. Woran das lag, wusste sie nicht zu bestimmen. Auch dem Dozenten fiel dazu nichts ein, zumindest fand er die „Beobachtung" interessant.

Einige Monate waren nun bereits vergangen, als die Schulungen im Optimierungszentrum für Emil ein jähes Ende nahmen. Eines Tages nämlich wurde er in das Büro der Zentrumsleitung gebeten, um von der pummeligen, überaus freundlichen, aber auch ebenso unverbindlichen Bürodame die bloße schlichte Mitteilung zu erhalten, dass er sofort nicht mehr zu den Schulungen kommen brauche, da sich seine Person bei genauester Prüfung als statistisch nicht relevant herausgestellt habe. Was das denn heißen soll, fragte Emil. Nur, das was es aussage. Für ihn sei die Optimierung beendet. Auf Wunsch könne er ein Teilnahmezertifikat erhalten, in welchen aber auch der verpasste Abschluss vermerkt sei. Das sei, wie man sich denken könne, keine Empfehlung für die weiterte Verwendung am Arbeitsmarkt, bescheinige aber zumindest, dass man die letzten Monate nicht „auf der faulen Haut gelegen" habe, aber freilich nicht viel mehr. Emil war geschockt und konnte nicht sprechen. Zu sehr hatte er sich in den letzten Wochen und Monaten mit dem Projekt identifiziert und hatte sich in allen denkbaren Bereichen und Belangen darum bemüht, durchschnittlich und repräsentativ zu sein. Wie sollte all seine Anstrengung, dass Allgemeinwohl zu verkörpern unbemerkt geblieben oder gar ohne Würdigung bleiben können, unzureichend bewertet werden können. *„Aber, was bitte, sind die Kriterien, ... ich meine, man hat nie etwas an mir, bei mir beanstandet. Ich ... ich meine, verzeihen Sie, Fräulein. Wie kann das sein?"* Das junge Fräulein mit dem Mondgesicht, hochgesteckten Haaren und der Hornbrille antwortete mit einem allerfreundlichsten Lächeln, das für die meisten Produkte in Fernsehwerbespots gereicht hätte: *„Die Ergebnisse werden durch Algorithmen ermittelt. Darauf haben wir hier in der Verwaltung keinen Einfluss."*

„Statistisch nicht relevant" wiederholte Emil nach einer Weile *„was soll das heißen? Was besagt das denn?"* *„Nun, kurz gesagt, dass ihre Daten für das Allgemeinwohl unerheblich sind."*

Emil ging niedergeschlagen die Treppen des Zentrums nach unten und dann durch den einsetzenden Regen nach Hause. Er fühlte sich erniedrigt und zweifelte am Sinn seiner Existenz. Sogar die Möglichkeit eines Freitods kam ihm in den Sinn. Kurze Gedanken an Gifte die er schlucken könnte, das Springen aus einem Hochhausfenster, sich vor einen Zug werfen, und dergleichen. An Tabletten schlucken, sich die Pulsadern aufschneiden oder aufhängen, wollte er nicht denken. Unterwegs änderte sich durch das Laufen jedoch seine Stimmung. Jeder Schritt gab ihm neuen Schwung und Lebensmut. Im Vorbeilaufen hörte er Neal Diamonds „Sweet Caroline" aus einem Auto schallen. Emil summte erst mit, ehe er dann auf offener Straße sang: *„Good times never seem so good"*. Nicht Durchschnitt zu sein, sein zu müssen, fühlte sich so gut an.

Ignaz der Löwe

Ignaz Löwe war ein kleiner, oder wie es selbst formuliert hätte, gemäßigt unterdurchschnittlich großer Mann. Er war Mathematiker eines internationalen Versicherungskonzerns, alleinstehend und in einfachen Verhältnissen lebend, obwohl er sehr gut verdiente und sich wesentlich mehr hätte leisten können. Den größten Teil seines Geldes legte er jedoch in ausgeklügelten Geldanlagen an, ohne darauf zu verzichten, erhebliche Mittel für wohltätige Zwecke zu verschenken. Von seiner äußerlichen Erscheinung wirkte er wie ein gedrücktes Männlein mit verschrumpelten Gesicht, gelblich, mit entzündeten Augen und oft hastigen, sich rasch erschöpfenden Bewegungen. Seine Stimme war weich und leise. Er selbst sah sich als geduldig und fromm, obwohl er der Religion an sich nichts abgewinnen konnte, mangelte es ihr doch an beweisbaren Fakten. Jedoch beeindruckte ihn das routinierte Verhalten, das in vielen Ritualen auf Erfahrungswerten beruhte, insofern es sich dabei nicht gerade um die Verehrung von Gottheiten mit Elefantenköpfen oder unnötige übernatürliche Effekte, wie jungfräuliche Geburten handelte.

Für Ignaz zählten lediglich belegbare Fakten, allenfalls noch plausible Wahrscheinlichkeiten. In einem gewöhnlichen Wohnhaus zu wohnen etwa war, wie er statistisch beweisen konnte, 4,8-mal sicherer als in einem Reihenhaus in einer sozusagen besseren Wohngegend. In einem Einfamilienhaus zu wohnen hingegen war sogar 15-mal gefährlicher, in Bezug auf Überfälle und Morde, was auch damit zu tun hatte, dass 85 % der Morde von bekannten Bezugspersonen des Opfers verübt wurden und die fehlenden Nachbarn in privaten Wohnhäusern, auf die man hinsichtlich Schüsse, Schreie und Geräusche Rücksicht genommen hätte, sehr wahrscheinlich den Ausschlag gaben. In einem gewöhnlichen Mehrfamilienhaus in der Mitte der Stadt zu wohnen war deshalb die sicherste denkbare Wohnform. Ignaz optimierte sie zusätzlich indem er alleine wohnte. In derselben Weiße versuchte er mittels statistisch belegbarer Verhaltensweisen seine Überlebenswahrscheinlichkeit zu erhöhen. Er rauchte nicht, trieb mäßig, aber regelmäßig Sport, ernährte sich vegetarisch, oft sogar vegan, allenfalls einmal pro Woche nahm er Lachs zu sich wegen der vorteilhaften Omega-3-Fette. An Dienstagen ging er abends nicht außer Haus, da dann die höchste Unfall- und Überfallwahrscheinlichkeit drohte, und derlei mehr.

Wenn er abends alleine zu Hause war, spielte er Schachpartien nach, oft Partien vergangener Weltmeisterschaften. Er überlegte sich davon insofern zu profitieren, als dass er wettbewerbsfrei die oft brillanten Gedankengänge der besten Spieler der Welt ergründen konnte. Auf solche Weise sein Gehirn zu trainieren, konnte ihm dabei helfen, geistig fit zu bleiben und seine Lebenserwartung nochmals um ein paar Jahre zu erhöhen. Nach seinen aktuellen Berechnungen müsste er etwa 93 Jahre alt werden, doch bis dahin war es noch ein weiter Weg, war er im letzten Monat doch erst 40 Jahre alt geworden.

Wenn man von der Gemeinde aufgefordert wird, für sie im Gotteshaus vorzubeten, so sagt der Talmud, soll man sich weigern es zu tun. Wird es einem danach ein zweites Mal angeboten, so kann man argumentieren und Gründe finden, es nicht zu tun. Erst dann, wenn es einem zum dritten Mal angeboten wird, den Dienst für die Gemeinde zu verrichten, soll man es tun. So las es Ignaz in seinem talmudischen Sprüchebuch, das er gerne zufällig aufschlug, um mit dem Finger auf eine Stelle zu zeigen, seine Variante eines Orakels, das er den „Aufschlagetest" nannte und einen gewissen Grad an Gültigkeit zusprach, ganz gleich, um was für ein Buch es sich handelte. Freilich waren Weisheitsbücher zugänglicher als solche mit chemischen Formeln, aber das lag eher am begrenzten Verständnis als am zugelosten Text. Ein Hinweis auf Emulgatoren oder Peptide konnte genauso relevant sein, wie die Erwähnung von Gebeten oder Engeln. Woher sollte man es auch wissen? Bezüglich des Dienstes in einer jüdischen Gemeinde würde ganz sicher niemand auf ihn zutreten, denn was sollte er ohne Hebräischkenntnisse denn auch sagen oder gar singen? Schalom, Uzi und Holocaust waren die einzigen Wörter, die er aus dieser Sprache sicher identifizieren wollte. Abgesehen davon sah er einen Dienst als solchen doch eher als ausreichende Strafe und nicht etwa als Auszeichnung und Ehre. Ehrenämter taugten nur in Haushalten in welcher Eitelkeit als Zahlungsmittel gängig war, vielleicht, weil keine Miete bezahlt werden musste oder die eigenen Geldmittel aus Quellen stammten, mit denen man besser nicht prahlte. Ignaz' Großvater, der als Kind in einem Lager den Massenmord an den Juden überlebt hatte, pflegte zu sagen: *„Die Phönizier haben das Geld erfunden, aber warum so wenig?"*

In der Wohnung neben Ignaz, wo im letzten Monat der alte Riechmann verstorben war, der wahrscheinlich in der SS war, aber stets als frommer Lutheraner auftrat, zog vorgestern nun eine arabische Familie ein. Vor irgendwas sollen sie geflohen sein, vermutete die alte Ruzicka, die als selbsternannte, besser ehrenamtliche Concierge im Haus fungierte und jedem Geräusch im Treppenhaus akribisch auf den Grund ging. So ein unangemeldetes Geräusch, scheinbar grundlos verursacht, störte ihren ausgeprägten Ordnungssinn. Wenn eins der Kinder aus den unteren Etagen, wo auch bereits einige arabische oder türkische Familien wohnten, schrie, so musste es dafür doch sicher einen Grund geben. Hat es sich wehgetan, wurde es von seinen Eltern misshandelt, brauchte es Hilfe, oder feierte es Geburtstag und hatte vergessen auf die Uhr zu schauen, und vielleicht nur ganz zufällig übersehen, dass es bereits nach Mitternacht war und gegen die Hausordnung verstieß? Wer wusste denn auch schon, was Hausordnung auf Arabisch heißt? Oder Ruhestörung. Sicher noch nicht mal der Vermieter. Ignaz verstand sich eigentlich ganz gut mit Frau Ruzicka, wenigstens dann, wenn ihre oft unvermeidlichen Begegnungen im Hausgang nicht zu lange dauerten. Das allerdings war nicht so einfach zu bewerkstelligen. Bevor er seine Wohnung verließ, vergewisserte er sich durch den Türspion, ob Licht im Hausgang brannte oder er hörte, ob es Geräusche, wie etwa Schritte auf den Treppen gab. Erst dann wagte er es, die Tür zu öffnen und möglichst schnell über Treppenhaus und Türen ins Freie zu kommen, wo er in der Masse der Passanten eintauchen konnte.

Gestern hatte Ignaz die neuen arabischen Nachbarn, von denen er zuvor von Frau Ruzicka erfahren hatte, erstmals gesehen. Ein bärtiger Mann, vielleicht vierzig Jahre alt, etwas dicklich, jedenfalls bestimmt um einen Kopf kleiner als Ignaz selbst. Letzteres beruhigte ihn in vielerlei Hinsicht, denn er mochte prinzipiell keine Menschen in seiner Nähe, die größer waren als er. An der Seite des Mannes war eine jüngere Frau mit Kopftuch, aber einem ovalen Gesicht und mit drei Kindern an den Händen. Ein Junge und zwei Mädchen, vermutlich, alle etwa im Alter zwischen fünf und zehn Jahren, aber wie wollte man das auf einen Blick durchs Türloch besser bestimmen können. Der Anblick der jungen Araberin, die vielleicht eine Türkin war, oder eine Usbekin gefiel Ignaz außerordentlich. Zunächst redete er sich ein, dass es durchaus von Interesse für ihn sein musste, darauf zu achten, wer nun Tür an Tür mit ihm leben würde und dem alten SS-Mann nachfolgte. Was würden sie sagen, wenn sie erfahren, dass er jüdischer Abkunft war? Würden sie ebenso sanft und verlogen lächeln wie es Riechmann tat? Man konnte nicht vorsichtig genug sein. Jedenfalls war

Ignaz nun entgegen seiner Gewohnheit darauf aus, Geräuschen seiner neuen Nachbarn auf den Grund zu gehen. Und so verbrachte er einige Zeit an der Türe, um durch das Guckloch wichtige Anhaltspunkte zu sammeln, wann immer ein Geräusch ein Indiz dafür gab, dass es etwas zu sehen geben könnte. Gestern Abend hatte er in selbiger Weise auch die junge orientalische Nachbarin ohne Kopftuch gesehen. Er fand, dass sie eigentlich eine ausgesprochen hübsche junge Frau war. Sie erinnerte sogar ein wenig an seine viel zu früh verstorbene Mutter, war aber schlanker als sie.

Im Laufe des Vormittags wurde Ignaz allmählich klar, dass ihm die Nachbarin tatsächlich gefiel. Unter dem Vorwand, die neuen Mieter begrüßen zu wollen, klingelte er bei den Nachbarn, freilich erst nachdem er sich davon vergewissert hatte, dass der Mann des Hauses selbiges verlassen hatte, zusammen mit den Kindern. Nachdem Ignaz rasch drei oder viermal geklingelt hatte, öffnete die Nachbarin die Türe, nur zaghaft, einen kleinen Spalt, um zu sehen wer vor der

Türe stand, zugleich aber auch, um den Umstand zu verbergen, dass sie kein Kopftuch trug, ohne welches eine fromme Muslimin sich gegenüber fremden Männern nicht zeigen durfte. Ignaz war nervös, als sich die Türe öffnete. Es fiel ihm gewiss leichter, die Nachbarin heimlich durch das Guckloch zu beobachten, als sie anzusprechen und einen Grund dafür zu finden. Er stellte sich vor und begann von Riechmann, dem Vormieter zu erzählen, mit dem er sich sehr gut verstanden habe, obwohl dieser ein eher schwieriger Charakter gewesen sei. Aber man habe sich regelmäßig getroffen und auch in der Wohnung war Ignaz regelmäßig, meist um für den alten Mann Reparaturen auszuführen, wenn der Fernseher eine Störung hatte oder das Waschbecken verstopft war. *„Wenn was kaputt war, kam er zum Ignaz"*, sagte Ignaz und ergänzte: *„Ach so, ja, ähm, ich meine, ... ich habe mich ja noch gar nicht vorgestellt: Ignaz Löwe ist mein Name. Wie darf ich Sie ansprechen?"*

Zu seiner Enttäuschung war die neue Nachbarin nicht sehr gesprächig, was wohl daran lag, dass sie nicht wirklich verstand was er sagte, doch immerhin lächelte sie ihn an und sagte: *„Danke sehr ... mei Man komm bald* *surik, sage dann"*. Ignaz entgegnete, dass es nicht nötig sei, er wollte nur grüßen: *„Ich nur grüßen"* wozu er mit der Hand winkte und sich höflich verbeugte: *„Nicht sprechen. Nicht wichtig. Nur grüßen."* Er winkte noch mal und wandte sich ab. Obwohl die Begegnung eher enttäuschend verlief, hatte sie ihn doch angelächelt. In ihrem Heimatland wäre sie dafür vielleicht gesteinigt worden, weshalb dies schon auch als erster Erfolg anzusehen war.

Am selben Abend sah Ignaz auf einem Dokumentationskanal im Kabelfernsehen einen Beitrag über das Dasein eines Löwenrudels in irgendeinem afrikanischen Nationalpark. An den Namen konnte er sich nicht erinnern, vielleicht lautete er Bikini, Nutella oder Sambesi Kwama, was letztlich auch keine Bedeutung für Ignaz hatte. Der Beitrag war gewiss nur synchronisiert, und wer vermochte schon zu entscheiden, ob afrikanische Eigennamen in hochdeutscher Betonung akkurat ausgesprochen wurden? Die Wahrscheinlichkeit dafür war dann doch eher gering, die Frage als solche, freilich auch nicht von überragender Bedeutung. Viel mehr von Interesse für Ignaz war der Beitrag selbst, der mit spektakulären Nahaufnahmen das Familienleben der Löwen schilderte. Sehr bemerkenswert fand Ignaz die Beschreibung des Paarungsverhaltens, das einem sehr eigentümlichen Muster folgte. Ein alleinstehendes junges Löwenmännchen konnte eine Löwenfamilie überfallen, das Männchen herausfordern zu einem tödlichen Kampf, es besiegen, nur um gleich danach auch noch den Nachwuchs, der aus drei oder vier jungen Löwenkindern bestehen konnte, gleichfalls tot zu beißen. Und warum? Um die Löwin zu begatten, die sich ihm ohne Anzeichen der Trauer oder Verärgerung hingab. Einfach so.

„Heile, heile Mäusespeck, in hundert Jahren ist alles weg", sang Ignaz vor dem Fernseher sitzend und fragte sich, wie ein solches Verhalten in der Natur vorkommen könne. Welche Logik steckte dahinter? Wollte man es auf die Menschheit ummünzen, so begehrte ein Mann eine fremde Frau, doch da diese bereits verheiratet war und mit ihrem Mann sogar ein paar Kinder hatte, gab es nichts zu tun. Allenfalls konnte man auf eine

heimliche Affäre hoffen. In der Logik der Löwen gedacht, würde der Mann aber den Ehemann töten, hernach die Kinder, um die begehrte Frau zu bekommen, die sich ihm hingibt ohne zu murren. Eine verwirrende Vorstellung und doch eine verführerische.

Das Verhalten der Löwen, so wurde in dem Beitrag betont, war durchaus gattungstypisch und nicht etwa eine tragische Variante einer einzelnen Löwensippe. Nicht nur ein oder ein paar Löwen handelten so, sondern Löwen im Allgemeinen. Ausgerechnet die Löwen, die man die Könige der Tiere nannte. Aber auch Bären und manche anderen Tiergattungen kannten eine solche Praxis. Es war ein Gesetz der Natur, keine bloße Laune, sondern etwas Ursprüngliches, von Gott so Gewolltes oder aus der Evolution Emporgestiegenes, wie auch immer. Es war eine Realität, eine Authentizität, die anzuerkennen und wertzuschätzen man gezwungen war. Ein Naturgesetz. Da überall stets betont wurde, dass man zurück zur Natur wollte, andererseits aber von Zivilisationskrankheiten sprach, wäre es doch gewiss eine kühne Idee, das natürliche Verhalten von Bären und Löwen auf Menschen zu übertragen. Ignaz dachte anfangs etwas belustigt darüber nach, wurde dann aber gewahr, dass es selbst in der menschlichen Zivilisation durchaus vergleichbare Momente des Löwenverhaltens gab. Feindliche Männer hinzuschlachten und ihre Frauen zu besitzen, dafür gab es einige historische Beispiele, etwa den berühmten Raub der Sabinerinnen, diverse biblische Überlieferungen. In allen Zeiten wurden Feinde getötet und ihre Weibchen als Beute genommen. Auch römische Kaiser wurden getötet, ihre Nachkommen getötet, ihre Frauen geheiratet. Nur die moderne Gesellschaft oder Zivilisation hatte – aus welchen Gründen immer – mit dem Naturgesetz gebrochen.

Am nächsten Tag ging Ignaz wieder zur Arbeit, wo er als Risikoanalytiker einer Bank mit gutsituierten Kunden zu tun hatte, die wenigstens mittelfristig gute Renditen mit hochdotierten Geldanlagen erzielen wollten. Das klappte nicht immer, aber oft genug. Der Schlüssel lag in der Berechnung von Wahrscheinlichkeiten, im Umgang mit Ungewissheit und der Streuung von Restrisiken. Oft ärgerte er sich aber über den falschen Umgang und fehlendes Verständnis für Statistiken und Wahrscheinlichkeiten. Wer wusste etwa, was eigentlich gemeint war, wenn Meteorologen im Fernsehen sagten, dass es eine Regenwahrscheinlichkeit von siebzig Prozent gäbe? Viele, auch Kollegen und sogar Vorgesetzte von Ignaz verstanden es so, dass es an sieben von zehn Tagen regnen würde, aber welchen Sinn sollte das machen, wenn es sich lediglich um die Wettervorhersage für den genau nächsten Tag handelte? Regnete es in sieben von zehn Stunden oder lediglich an siebzig von hundert Tagen eines bestimmten Datums, wie etwa dem 25. Oktober? Regnete es an einem Ort bei einer siebzigprozentigen Wahrscheinlichkeit tatsächlich schon, oder war der Himmel lediglich bloß wolkenverhangen? Regnete es unvermeidlich erst bei hundert Prozent oder brauchte es gar keine Vollständigkeit, damit es nun tatsächlich regnete? Riechmann, sein verstorbener Hausnachbar, mit dem er einmal ausführlich bei einigen Glas Weizenbier darüber gesprochen hatte, bot eine andere, ganz eigenwillige Deutung an: *„Sieben Meteorologen denken, dass es regnen wird, und drei nicht."*

Vormittags hatte Ignaz die Aufgabe einer Gruppe von Nachwuchsführungskräften aus dem ganzen Distrikt einen Vortrag über effiziente Risikoanalyse zu halten. Die Schlüsselfrage, wie man vernünftige Entscheidungen trifft, fasste er am Ende seines einstündigen Vortrags so zusammen, dass es letztlich darum ginge, festzustellen, ob man alle wesentlichen Alternativen, Variablen und Konsequenzen kannte. War dem so, konnte man sich getrost auf Erfahrungswerte, Logik und Statistiken verlassen. Wenn aber nicht, so wäre man besser dran, sich auf das eigene Bauchgefühl, auf Intuition und Heuristik zu verlassen. Ganz ähnlich wie ein guter Sportler, der in einer entscheidenden Spielsituation keine Zeit habe, über seine reichen Erfahrungen nachzudenken, was in einer vergleichbaren Situation am sinnvollsten unter allen Handlungsalternativen war, im Nu entscheiden müsse, was zu tun war. *„Wichtig ist, dass Sie dabei nicht Ungewissheit und Risiko verwechseln"* sagte Ignaz seinen Zuhörern. Ungewissheit sei ein normaler Daseinszustand, den man nur in gedachten Modellen ausschließen könne, nicht aber im echten Leben. Risiken hingegen entsprangen unbedachten eigenem Verhalten. Das menschliche Verhalten nun, so sagte Ignaz, sei nicht nur irrational, sondern vorhersagbar irrational. Das läge daran, dass Menschen allgemein Sklaven ihrer Wünsche seien, meist uneingestanden und entgegen der eigenen Lebensplanung im Hintergrund vorhanden. So könne, ein junger 20jähriger Mann während des Autofahrens telefonieren, laut Musik hören oder rauchen und so sein eigenes Reaktionsvermögen auf das eines 70jährigen Rentners zu reduzieren. Und warum? Weil er sich besser fühlte, oder meinte, auf andere „cooler" zu wirken. Das perfekte Beispiel dafür sei die bekannte Truthahn-Illusion, bei welcher an für sich scheue Truthähne, die regelmäßig gefüttert würden immer zutraulicher würden. Fütterte man nun 99 Tage lang die Truthähne, verloren diese jegliche Scheu und so übersahen sie, dass tags darauf Thanksgiving war: Ihnen fehlte eine wesentliche Information. In der Risikoanalyse ginge es nun genau darum: als Truthahn die fehlende Information ausfindig zu machen. Welche Faktoren konnte man übersehen, ohne wie gewöhnliche Experten davon auszugehen, dass der aktuelle Trend der künftige sein würde? Welche bekannte Information konnte, ja musste man ignorieren, um mit robusten Informationen auskommen, wo optimale Lösungen eher hinderlich wären. In der Heuristik ging es historisch darum, auf der hohen See der Ungewissheit um die Kunst den Hafen zu finden.

Mittags aß Ignaz in einem arabischen Imbisslokal. Fast das gesamte Lokal war voll. An den meisten Tischen saßen Mütter mit Kindern, Ignaz hingegen saß an seinem Tisch alleine. Das war gewiss ein Zufall, doch erschien ihm dies durchaus stimmig. Es erinnerte ihn aber auch an seine arabischen Nachbarn. Hier im Lokal waren viele der Frauen zumindest mit Kopftuch am Kopf, manche waren auch im Gesicht verschleiert. Ignaz sah unauffällig zwischen den einzelnen Schleierfrauen hin und her, widmete sich aber zwischenzeitlich immer wieder seiner Suppe und seinem Reis-Gemüse-Teller und tunkte Fladenbrotstücke abwechselnd in die Suppe und in das Schälchen mit Joghurtsauce. In seiner Jugend waren verschleierte Frauen im Straßenbild eine Seltenheit, heute waren sie normal und allgegenwärtig. So wie Miniröcke in früheren Zeiten.

Als er zu Hause ankam begegnete Ignaz seinem neuen arabischen Nachbarn, der einige Zentimeter kleiner war als Ignaz, der nun selbst nicht eben ein Hühne war. Der Mann war etwas dicklich, besaß aber einen massigen, genau genommen übergroßen, massigen Schädel, der von krausen, schwarzgrauen Locken, buschigen Kotletten und einem dichten grauen Bart eingefasst war und ein wenig wie eine aufgesetzter Karnevalskopf auf dem kleinen dicklichen Körper wirkte. Der Nachbar war gut gekleidet mit Hemd und einer Art kariertem Sakko, das vor zwanzig Jahren vielleicht teuer gewesen sein mochte, aber nicht fleckenlos oder sauber war. Im Kontrast dazu standen die offenbar lackierten schwarzen Schuhe, die im Licht glänzten. Der Geruch des Mannes ließ nun aber keinerlei Zweifel daran, dass er wohl ein starker Raucher war. Ein Umstand der Ignaz überhaupt nicht gefiel. Wie dem auch sei, abgesehen vom Geruch war er eine alles in allem sehr gewöhnliche Erscheinung.

Der Araber schien ihn zu kennen, jedenfalls sprach er ihn sofort freundlich an. *„Sie sprechen mit meine Frau. Ich Mann, Nachbar, neben Tür."* Sie stellten sich einander namentlich vor: *„Löwe"*, *„Asad"* und gaben einander die Hände, als sie vor ihren Türen zu stehen kamen. *„Asad ...? So wie der Diktator aus Syrien"* fragte Ignaz. Der Araber bejahte. Ignaz fragte lachend: *„Aber Sie sind nicht verwandt mit dem Diktator?"* *„Nein, nein, nicht verwandt. Asad ist oftige Name in Arabisch."* Er meinte gewiss „häufig", denn ein Wort das „oftig" lautete, gab es ganz sicher nicht. Allerdings fand Ignaz die Wortschöpfung interessant und durchaus nicht unverständlich. Sie ließ auf eine gewisse praktische Intelligenz schließen.

„Asad", sagte der Nachbar: *„ist Name von Tier, große Katze, Lion in English, weiß nicht deutsche Name."* *„Löwe?"* fragte Ignaz ungläubig, doch Herr Asad verstand ihn nicht. Ignaz zog sein Mobiltelefon aus seiner Jackentasche, sagte *„Moment"* zu seinem

Nachbarn und suchte über die Bildersuche Darstellungen von Löwen. Gerade als der Nachbar sich abwenden wollte, hielt er ihm nun eine Abbildung entgegen. *„Ja, genau"* entgegnete der Nachbar: *„Asad, arabisch Asad, große Katze"*. Das war nun tatsächlich kurios befand Ignaz und lachte. *„Warum lachen"*, fragte Herr Asad. *„Mein Name"* erwiderte er und zeigte mit der Handfläche auf seine Brust: *„mein Name ist Löwe. Löwe ist das deutsche Wort für Asad. Asad = Löwe, Löwe = Asad. Sie verstehen?"* Ignaz zeigte nun auf sein Namensschild an der Türe, auf dem „I. Löwe" stand. *„Wir sind nicht nur Nachbaren, wir sind auch Familie: Löwe und Löwe."* Ignaz hob seine Hände wie Tiertatzen und fauchte *„Asaaad"* und lachte. Herr Asad verstand und ahmte ihn nach: *„Leeewe"*. Beide lachten.

Ignaz sah sich in seiner Wohnung um, ob nicht eines seiner vielen Bücher in zahlreichen Bücherregalen ihm weiterhelfen konnte. Beim Versuch einen Band über Wildtiere aus dem oberen Fach eines Regals im Hausgang zu hieven, fiel ein kleiner Reclam-Band der Gebrüder Grimm heraus und auf seinen Fuß: Kinder und Hausmärchen. Er sah sich das Inhaltsverzeichnis an und kam zu dem Schluss, dass er fast keine der Geschichten auch nur namentlich kannte. Den Froschkönig kannte wohl jeder, meinte er, aber was hatte jener mit einem Eisernen Heinrich zu tun? Rapunzel kannte er namentlich ebenso wie das Rotkäppchen, das tapfere Schneiderlein, Frau Holle, Aschenputtel, die Bremer Stadtmusikanten, Dornröschen, Schneewittchen und natürlich Hänsel und Gretel, dass das wohl bekannteste Märchen der Grimm'schen Sammlung war. Als Kind, vielleicht in der Schule, vielleicht im Fernsehen hatte er die einen oder andere Geschichte kennengelernt, aber gelesen hatte er nichts davon. Er wusste auch nicht einmal, woher er den kleinen Band mit über achtzig, ihm weitgehend unbekannte Geschichten hatte. Vielleicht hatte er ihn geschenkt bekommen, was unwahrscheinlich war, oder aber irgendwo gefunden oder für einen verbilligten Betrag erstanden. Er las die Hänsel und Gretel Geschichte, die er viel vereinfachter in Erinnerung hatte. Die alte Hexe im Wald hatte ein wie auch immer geartetes „Brothäuslein" gebaut, um damit Kinder anzulocken:

„Wenn eins in ihre Gewalt kam, so machte sie es tot, kochte es und aß es, und das war ihr ein Festtag", hatten die Gebrüder Grimm berichtet. Die Hexe setzte Hänsel gefangen und hinter ein Eisengitter. Dort wollte sie den dürren Knaben mästen, bis er „fett" war. Aus welchem Grund das geschah, musste unklar bleiben, jedenfalls konnte Hunger kein Grund sein, backte die Hexe doch auch regelmäßig Brot, welches nahrhaft genug war, um einer Unterernährung sicher zu entgehen. Hänsel bekam so nun auch „das beste Essen", allerdings wollte die Hexe auch die mager gebliebene Gretel verspeisen, doch das Mädchen stieß mit einer List die alte Hexe selbst in den Ofen und befreite ihren Bruder. Wie auch immer man die vor knapp zweihundert Jahren erst aufgezeichnete Geschichte deuten mochte, war doch klar, dass sich der Kern um Kannibalismus drehte. Insbesondere die Hexe, deren Absicht darin bestand, Kinder zu fressen, hatte ausreichend Nahrung, um die Kinder anzulocken und zu mästen. Sogar Tiere konnte sie zu diesem Zweck an das gefangene Kind verfüttern, weshalb Hänsel ihr einen Tierknochen entgegenstreckte, um die schwachsichtige Alte zu täuschen. Nein, er

war noch nicht fett geworden, sondern noch immer knöchrig.

Wenn man es näher bedachte, war das Verhalten von Löwen, Bären und sonstigen Raubtieren, dem Gebaren in menschlicher Überlieferung nicht so fremd, wie man meinen konnte. Man denke an Schneewittchen, deren Schwiegermutter letztendlich in glühenden Kohlen endet und deren Leber daraufhin verspeist wird, oder an das Rotkäppchen, das von einem Wolf, der freilich als Mensch handelt und spricht und somit kein wirkliches Tier, sondern eine menschliche Bestie war, gefressen werden soll, wie zuvor bereits deren Großmutter.

Überhaupt gab es in deutschen Landen zahlreiche Anspielungen auf kannibalische Motive: Negerküsse, Zigeunerschnitzel, den „Strammen Max", den man als erigierten Penis mit Senf oder Ketschup übergoss – nicht zu vergessen das Heilige Abendmahl der christlichen Kirche, in welchem sich Wein zu Blut und Brot zu Fleisch verwandelte. Vorausgesetzt man glaubte daran, und damit man dies tat, sorgten bestmöglich

Schule, Kirche und Elternhaus. Ignaz' Elternhaus war oder wäre jüdisch gewesen, hätte es den Holocaust nicht gegeben, den Massenmord der Deutschen an den Juden. So war es ein Haus des verborgenen Horrors in dem über alles gesprochen wurde außer über eigene Gefühle.

Ignaz träumte davon, dass er den arabischen Nachbarn, Herrn Asad im Wald überfiel, dann am Waldrand die Kinder tötete, in einer Weise, die zumindest ihm nicht weh tat, und sich dann Frau Asad, oder sollte man nun schon von Frau Löwe reden – zuwandte, die ihn glücklich und zufrieden anhimmelte. Selbst im Traum kam das Ignaz absurd vor und so wachte er lachend auf.

Der *geschickteste* Dieb wird der Sieger sein, so lautete das Gesetz der Natur, das lange vor den Vätern und Müttern des Grundgesetzes Geltung hatte, wenigstens einige tausend Jahre vor Hammurabi oder Moses. Was wollten auch nur einige Jahrzehnte, zumal aufgezwungener Tradition letztlich gegenüber einem wahrscheinlich seit Millionen Jahren praktizierten Naturgesetz besagen? Der Kadaver gehörte dem Fresser, so war es nun mal, zumindest in der Darstellung von Discovery Channel. Das war zugegeben zwar kein Nachrichtenkanal, aber doch ein international renommierter Sender, der in wissenschaftlichen Fragen recht nahe an der Wirklichkeit war, und dabei zumindest parteipolitische Aspekte überging. Wie hätten die denn auch lauten sollen? Hätten Grüne etwa Raubtiere verurteilt, weil sie Jäger waren und nicht einmal pro Woche zumindest einen „veggie-day" einhielten? Hätten Linke Löwen als elitäre Oberschicht in die Nähe russischer Großbauern gerückt, die es als Ausbeuter der Massen zu verteidigen galt? Und Konservative, würden sie das Verhalten der Löwen als standesgemäßes Gewohnheitsrecht verteidigen, während Nationalisten den Fokus auf die fremde Herkunft der Löwen legten?

Was nun aber sollten all diese seltsamen Gedanken, die sich seit Tagen immer weiter ausbreiteten und ihm zunehmend plausibler erschienen und was wollte er damit tun?

Doch wohl nicht tatsächlich seine Nachbaren umbringen? Abgesehen davon, dass es verbrecherisch und völlig strafbar wäre, war der Gedanke an eine solche Tat völlig absurd, genauer gesagt, das Verrückteste, worüber er seit Jahren nachgedacht hatte. Selbst für eine ganz gewöhnliche Gewalttat, von denen es, amtlichen Statistiken zu Folge Jahr für Jahr hunderttausende von Fällen gab, ohne dass er jemals in einer, sei es als Täter oder Opfer, verwickelt worden war, fehlten ihm sämtliche Voraussetzungen. Zum einem hatte er keine Motive dafür irgendeine Gewalttat zu begehen, zum anderen fehlte ihm wahrscheinlich auch der Mut, sich in eine gewalttätige Auseinandersetzung mit anderen Menschen (oder Tieren) zu begeben, schließlich vereitelte seine berechnende Vorsicht ihn auch von den wesentlichen Motiven der Opferfähigkeit. Mit letzterem meinten Kriminalisten das Verhalten einer Person, dass sie für Täter in Frage kommen ließ. Etwa als Frau mit einem Minirock in der Abenddämmerung durch einen abgelegenen Park zu gehen, als Schüler mit teuren Klamotten zur Schule zu gehen, sich mit Jugendgangs anzulegen, ein protziges Auto zu fahren, in Lokalen mit alkoholisierten Gästen über Politik zu streiten, im Fußballstadion im heimischen Fanblock für das Auswärtsteam zu jubeln, auf der Autobahn die Fahrtrichtung zu verwechseln, an Dienstagabenden das Haus zu verlassen. Dinge dieser Art. Als Versicherungsmathematiker und Risikoanalyst vertrat Ignaz die Ansicht, dass alle Menschen letztlich die selbe Wahrheit und Gewissheit teilen, dass wie jedes auch das eigene Leben endlich sei. Wir verschwinden, wenn wir tot sind und andere Leute, die uns mehr oder minder nahestehen, oder auch nicht, werden sich ein paar Überreste unseres Besitzes unter die Nägel reißen und das meiste, von dem, was unser tägliches Leben ausmacht und uns Tag für Tag bis ins Detail wichtig ist, wir niemanden interessieren und im Abfall landen. Alle Menschen wissen das und trotzdem führen wir unser Leben so, als wüssten wir es nicht und als ginge es nur darum, diese Gewissheit, bestmöglich zu verdrängen oder zu relativieren, und die Art und Weise, wie wir uns und andere wenigstens zeitweise darüber hinwegtäuschen konnten. Ganz so, als säßen wir auf der bereits lecken Titanic und stritten mit dem

Kellner darüber, dass das Steak angebrannt sei oder wir eine andere Nachspeise bestellt hätten. So wie Jesus, der die brutale römische Militärbesatzung seiner Heimat ignorieren konnte und stattdessen mit anderen Wüstenpredigern darüber stritt, ob man an Feiertagen Medizin zubereiten dürfe. Aber ein Heuchler war bekanntlich jemand, der ein Buch über Atheismus schrieb und dafür betete, dass es sich gut verkaufte.

Löwen galten als Könige der Savanne. Ihre Stärke lag darin, dass sie häufig in Rudeln jagten, vergleichbar mit anderen Raubtieren, wie Wölfe oder Delphine. Dadurch, dass sie in größerer Zahl zusammenarbeiten konnten, war es ihnen auch möglich, größere Beutetiere zu erlegen, wie etwa Büffel oder sogar einzelne Elefanten. Menschen auch, gerüchtehalber. Aber sie konnten auch alleine jagen. Hatte ein Löwe die Beute einmal ausgemacht und anvisiert, setzte die Raubkatze zu einem Spurt an, holte die Beute vielleicht bereits nach vier oder fünf Sätzen ein und schlug ihr die tödlichen Krallen tief in den Rücken. Mit einer einzigen kraftvollen Bewegung biss der Löwe die

Beute mit seinem weit aufgerissenen Maul die Eckzähne ins Rückgrat und durchtrennte so die Nackenwirbel. Innerhalb von Sekunden war die Beute erlegt. War der erste Appetit gestillt, durften alle anderen Mitglieder des Löwenrudels sich ihren Anteil der Beute entreißen. Es war nicht selten, dass es sogar Löwinnen waren, die die Jagd besorgten. Blieb von der Beute etwas übrig, blieben die Katzen in der Nähe der Beute, um sie vor Aasfressern und Räubern wie etwa Hyänen zu sichern. Bei Pumas, den amerikanischen Berglöwen, konnten das auch Bären oder Wolfsrudel sein. In Ignaz' Nachbarschaft gab es keine Wildtiere, wohl aber Nachbarn, Passanten, Briefträger und Paketboten.

Ignaz nahm sich ein paar Tage Urlaub. Ab und an begegneten ihm die neuen Nachbarn im Hausgang, doch öfter beobachtete er aus seinen Fenstern, wie sie auf der Straße liefen. Herr Asad lief stets voraus, hinter im sprangen die Kinder und danach kam die Frau, in ein dickes schwarzes Stofftuch gehüllt. Auch wenn die Kinder nicht bei ihnen waren, lief die verhüllte Frau in ein paar Metern Abstand hinter ihm. Mit der aktiven Rolle der Löwinnen in der Jagd des Rudels hatte dies nichts zu tun. Ignaz erschien das Verhalten seiner Nachbarin so fremdartig wie das verschiedener Wildtiere, hatte das eine wie das andere doch mit den Konventionen des modernen Lebens in pluralistischen demokratischen Gesellschaften nichts zu tun. Ganz im Gegenteil, er selbst hatte Frau Asad schon an der benachbarten Wohnungstüre gesehen, unverschleiert. Sie war eine sehr schöne, feingliederige Frau mit ausgesprochen wohl gestalteten Proportionen und einem sehr hübschen Gesicht mit strahlenden Augen und einem bezaubernden Lächeln. Sie hatte nicht den geringsten Grund, irgendetwas zu verbergen. Ihrem Äußerem nach zu urteilen hätte sie ein Filmstar oder ein Modell sein können oder Stewardess zumindest. Ganz sicher gab es zahlreiche Berufe, in welchen Wert auf sehr gutes Aussehen gelegt wurde und wo man sie nur zu gerne nach vorne geschickt hätte, um für ein Unternehmen, eine Idee oder eine Absicht zu werben. Weit davon entfernt verdeckte sie sich aber mit einem schwarzen Leichentuch, dass ihr gerade noch einen dürren, sogar noch durchtrennten, kaum zwei Finger breiten Sehschlitz übrig ließ. Letzteres wohl, weil der Glaube doch nicht stark genug war, um davon auszugehen, dass sich die Trägerin des Tuchs ganz ohne Sicht sicher bewegen konnte. Möglicherweise aber war das Sichtfeld der Frau wohl schon so sehr eingeschränkt, dass sie nur noch vorsichtig und deshalb Schritte, wenn nicht Meter hinter ihrem Mann laufen konnte. Dann freilich wäre es zumindest unhöflich gewesen nicht auf die eigene Ehefrau zu warten. Hätte Ignaz eine sehbehinderte Frau gehabt oder gekannt, wäre er ganz gewiss nicht vor ihr, sondern an ihrer Seite gegangen und hätte sich bei ihr eingehakt. Ganz sicher wäre er nicht weit vorausgelaufen, damit sie selbst sehen konnte, wo sie blieb. Wie dem auch sei, Wüstenlöwen unterschieden sich ganz offensichtlich von Großstadtlöwen. Ignaz nahm sich vor die Stadtbücherei zu besuchen, um sich dort einen Koran auszuleihen und hernach in den Zoo zu gehen, um Löwen und andere Raubtiere anzusehen.

Erstmals in diesem Sommer erschien es angemessen warm zu sein, auch dann, wenn man nicht auf der von der Sonne beschienenen Seite einer Straße lief. Ignaz öffnete alle Fenster und genoss den warmen Wind, der die Räume durchzog und seine Haut umwehte. Gleißendes Licht durchflutete Straßen und Plätze. Überall saßen leicht bekleidete oder barfuß laufende Menschen in den Straßencafés oder auf den Treppen des Theaters oder von Monumenten und ihre Kinder sprangen herum wie Bälle oder Kängurus. Es glich ein wenig dem Aufbruch der Natur im Frühling, als ein paar wenige satte Sonnenstrahlen bereits genügten, um Knospen, Gräser und Insekten hervorzubringen, wie von Zauberhand. Ganz plötzlich gab es wieder in allen Gassen das satte Leben oder zumindest unleugbare Anzeichen davon, wo man noch tags zuvor, als alles kalt und grau und abgestorben war, jedem Geräusch verdächtig misstraute.

Der Koran hatte offenbar kein Problem mit dem Tod von Ungläubigen. Das war bei anderen Religionen und ihren Büchern nicht wesentlich anders. Auch viele Tiere hatten kein Problem, fremde Tiere zu töten, nur in Ausnahmefällen aber, unabhängig von der

Nahrungsfrage, aus Rache, Vergeltung oder bloß als Spiel oder zum Spaß. *„Es ist Gott, der das Korn und den Dattelkern keimen lässt. Er ist, der das Lebendige aus dem Toten hervorbringt und das Tote aus dem Lebendigen. Gott ist es, also warum wollte ihr euch irreführen lassen?"* sagte der Koran in der 6. Sure, Vers 96, den Ignaz wahllos aufgeschlagen hatte. In derselben Weise hieß es, dass Gott für uns die Sterne geschaffen habe, damit wir uns an Land und auf See in der Dunkelheit orientieren konnten, wovon Menschen mit Wissen Kenntnis hätten. Gott war es auch, der es aus den Wolken regnen ließ und alle Arten des Wachstums hervorbrachte, das Korn, die Dattelpalme, die Olive, den Granatapfel. All das seien Zeichen für jene, die glaubten. Soweit so gut. Der Koran beschwerte sich übergangslos darüber, dass es Menschen gab, die den Dschin, also den Dämonen, einen Anteil an diesem Wirken zuschrieben und ihm Söhne und Töchter andichteten, obwohl Gott es war, der die Dschin erschuf. Der einfach so vorausgesetzte Glauben an Dämonen war es auch, der Ignaz bereits am Christentum grundlegend störte. Ignaz hielt den Glauben an

Geister und Dämonen für absurd und unwissenschaftlich ließen sich Phänomene wie der Wasserkreislauf, der Regen aus Wolke zur Erde fallen ließ anhand wissenschaftlicher Fakten und Vorgänge erklären. *„Wie sollte Gott einen Sohn haben, wo er doch keine Gefährtin hat"*, fragte der Koran. Über die Rechte von Frauen fand Ignaz im heiligen Buch des Islam nicht sehr viel, abgesehen von Regelungen zum Scheidungsrecht, die für die damalige Zeit wahrscheinlich eher fortschrittlich waren, jedoch hieß es in der zweiten Sure, die dem Namen nach „die Kuh" (al bakara) hieß in Vers 229, dass Frauen zwar Rechte nach der Art des Landes hätten, Männer ihnen gegenüber aber doch *Vorrechte*, weil Gott Allah allmächtig und *weise* sei. War *das* nun der Grund, warum Frau Asad in einem Land in welchem Männer und Frauen vor dem Gesetz als gleichberechtigt galten, fast gänzlich verhüllt einige Meter *hinter* ihrem Mann lief? Das mochte wohl sein, denn wer wollte schon in Frage stellen, was Gott seinem Propheten ins Notizbuch diktiert hatte? Der Abstecher in den Koran war jedenfalls ergiebiger als der Besuch im Zoo, in welchen wegen einer Infektionskrankheit nur Tiere hinter Glas zugänglich waren: Schlangen, Fische und dergleichen. Sie waren hübsch anzusehen, doch eine Hilfe waren sie Ignaz nicht.

In einem ältlichen Taschenbuch, dass Ignaz in einem Antiquariat für schmales Geld erstehen konnte, las er, dass Löwen und andere Raubkatzen, allergrößten Wert darauf legten, ihre Reviere zu kennzeichnen. Dass sie dabei, ähnlich wie Wölfe, Hunde, Hasen oder Bären Duftmarken setzten, war aus menschlichem Empfinden schwer nachzuvollziehen. Welchen Gehalt an Information wollte man als Bildungsbürger auch dem Geruch des Urins eines anderen abgewinnen? Verschiedene Tiere mochten davon Größe, Alter, Geschlecht, Gesundheit und dergleichen ableiten, doch auf was konnte ein Mensch aus dem Urin eines anderen schließen, etwa auf den Kontostand? Allenfalls wohl auf das Niveau der sozialen Herkunft und den IQ. Menschliche und tierische Logik waren ganz offenbar in manchen belangen schwer zu harmonisieren. In Ignaz Elternhaus waren Urin und andere Ausscheidungen des menschlichen Körpers etwa zwischen Tabu und Stigma angesiedelt. Über so etwas sprach man nicht, und wo es unvermeidlich war, gab es sich ein Spray dafür oder dagegen. Vielleicht fand Ignaz gerade deshalb den Gedanken an die Reviermarkierung reizvoll, schlüssig und vor allem auch äußerst praktikabel. Jedenfalls war es in jeder Hinsicht und gänzlich ohne Zweifel weit einfacher zu vollziehen, als einen Mann und seine Kinder zu töten, um die Gunst von deren Mann und Mutter zu erlangen. Gewiss war es aus menschlicher Sicht anstößig, geschmacklos, vielleicht auch ekelhaft, doch der Einzelne, die Allgemeinheit, wie auch die Justiz reagierten schlussendlich dann doch gehaltener als bei einem Massenmord. So nun beschloss Ignaz es gegenüber dem arabischen Löwenmännchen dabei zu belassen, das Revier abzustecken. Auch wenn ein solches Verhalten völlig irrational erscheinen konnte, war es doch eins und würde Reaktionen und Konsequenzen haben. Wäre er selbst Opfer einer solchen Attacke, würde er ganz gewiss erst mit Frau Ruzicka und dem Hausmeister sprechen. Gewiss käme er nicht darauf einen seiner Türnachbarn zu verdächtigen. Allenfalls konnte es sich um einen Eindringling handeln, der, wahrscheinlich doch betrunken ins Haus kam, weil wieder jemand die Haustüre nicht abgeschlossen hatte. Die Furcht vor Einbrechen und Vandalen trieb die Ruzicka schon seit Jahren um. Wollte Ignaz schätzen, wie oft sie ihn alleine in den letzten zehn Jahren auf die von vielen Bewohnern nachts nicht abgeschlossener Haustüre angesprochen hatte, so wäre es sicher eine vierstellige Zahl gewesen.

Des nachts nun schlich sich Ignaz, der zuvor an der Türe nach Geräuschen gelauscht hatte und sich durch das Schlüsselloch der Dunkelheit vergewissert hatte, zur Türe seiner Nachbaren. Er fühlte sich verwegen und albern wie seit seiner Studienzeit nicht mehr. Am liebsten hätte er laut losgebrüllt wie ein Löwe oder doch wenigstens gelacht vor Freude. Stattdessen zählte er im Stillen für sich im Takt die Dauer seiner löwischen Markierung und endete nach 27 gezählten Sekunden. Leise zog er sich zurück und schloss hinter sich die Türe seiner Wohnung. Vor Aufregung sah er in den nächsten Minuten immer wieder durch den Türspion, doch es gab weder ein Geräusch, noch jemanden der Licht machte. Die Hausgemeinschaft schlief. Nach einer Weile entschied Ignaz, dass es besser sei, wenn er am nächsten Morgen nicht ansprechbar war für seine Nachbarn. Er packte schnell ein paar Sachen und verließ noch vor der Morgendämmerung das Haus und ging zum Bahnhof. Schon in 40 Minuten würde der erste Zug kommen, der ihn zu seinem Onkel und seiner Tante bringen konnte. Sie würden sich gewiss freuen ihn zu sehen, auch wenn sein Besuch unangemeldet war. Er jedenfalls hatte damit ein sauberes Alibi. Stolz wie ein Löwe nur sein konnte saß er am fast menschenleeren Bahnsteig. Nur ein paar Gleise weiter sah er zwischen den leeren Bänken zwei Polizisten herumschleichen, Sie würden allenfalls nach Pennern oder Terroristen Ausschau halten, gewiss nicht nach Raubkatzen.

Es kam, wie es Ignaz vermutet hatte. Als er zwei Tage nach dem nächtlichen Ereignis wieder nach Hause kam, war alles beim Alten geblieben. Es gab keine Leichen, keine Polizisten, keine Ermittlungen. Erst am nächsten Morgen sprach ihn Frau Ruzicka bei einer zufälligen Begegnung im Hausgang an: *„Sie werden nicht glauben, was hier in ihrer Abwesenheit passiert ist."* Sie berichtete ihm davon, dass irgendjemand im Haus, wahrscheinlich wieder einer aus den Studenten-WGs, wohl vergaß die Haustüre abzuschließen – wozu gab es denn eigentlich die schriftliche Aufforderung dazu im Hauseingang? Die war doch nicht auf Chinesisch verfasst worden, oder – weshalb tatsächlich wohl jemand ins Haus eingedrungen war und im gesamten Haus uriniert haben musste, jedenfalls roch es danach. Nachdem die Ruzicka fünf Mal bei der Hausverwaltung angerufen hatte, und zuletzt mit einer Mietkürzung drohte, kam noch am selben Spätnachmittag eine Ansammlung von Putzkräften eines Reinigungsdienstes, die das gesamte Haus außerplanmäßig – der gewöhnliche Hausputz war stets am Freitagvormittag – säuberte. Ignaz zeigte sich erstaunt, war aber insgeheim unzufrieden mit der Reaktion, genauer gesagt störte ihn die Einschätzung, dass die Urinierung im gesamten Haus passiert sei, das immerhin sieben Etagen hatte. Von den arabischen Nachbarn, deren Tür er als einzige markiert hatte, war nichts zu sehen oder zu hören. Ignaz nahm sich vor, den Vorgang zu wiederholen, jedoch ein paar Tage abzuwarten, am besten wohl bis Freitagabend. Die Hausverwaltung wäre am Wochenende kaum erreichbar und mit dem Einsatz einer neuerlichen Putzkolonne kaum zu rechnen.

In den kommenden Tagen und Wochen wiederholte Ignaz sein sonderbares Verhalten und pisste in verschiedenen Nächten seinen arabischen Nachbarn an die Türe. Um für sie kein erkennbares Muster, von dem anzunehmen war, dass sie es erkennen konnte, orientierte Ignaz sich an den „Fiebernazi"-Zahlen (oder wie man die auch immer nannte), nach welchen sich aus den Ziffern 1 und 2 als nächster Schritt eine 3 ergab, aus 2 und 3 eine 5, aus 3 und 5 eine 8, aus 5 und 8 eine 13, aus 8 und 13 eine 21, usw. Diese Reihe begann er freilich erst ab der 5. Acht Tage nach dem ersten Tage erfolgte also die zweite, dreizehn Tage danach die die dritte, weitere einundzwanzig Tage die vierte, und nochmals vierunddreißig Tage später die vierte und letzte. Für die betroffenen Nachbarn war die Abfolge in keiner Weise absehbar. Auch die um Gerüchte und Interpretationen selten verlegene Ruzicka und der geflissentliche Hausmeister konnten dem allen keinen Sinn abgewinnen. Doch dann geschah eines Tages Ende September etwas für alle Bewohner völlig unerwartetes, als frühmorgens ein Möbelwagen vorfuhr und binnen weniger Stunden der Hausrat der Asads ausgeräumt wurde. Die Familie, die mit niemanden im Haus über bloße Grüße hinaus Kontakt hatte, hatte niemanden Bescheid gesagt über den Auszug. Ignaz, der zur Tarnung für einige Tage verreist war, um Tante und Onkel zu besuchen, erfuhr erst nach seiner Rückkehr, dass die arabischen Nachbarn ausgezogen waren, ohne jemanden im Haus Bescheid zu sagen. Frau Ruzicka hatte vom Hausmeister erfahren, dass sie bei der Hausverwaltung ordentlich gekündigt hatten, und man ihnen wegen „der Umstände" ein Sonderkündigungsrecht eingeräumt hatte, was immer das auch heißen mochte. *„Man kann ja gespannt sein, wen wir das als nächsten Mieter bekommen werden"*, sagte die Ruzicka zu Ignaz, der einerseits überrascht, andererseits aber auch enttäuscht war, hatte er am Wochenende doch von seinem Onkel dessen Jagdbesteck als Geschenk erhalten. In der irrigen Annahme, dass Ignaz, der Sohn seiner Schwester, von seinem eigenartigen Vegetarismus kuriert worden sei.

Die seltsame Schicksalsverstopfung des Herrn Brecht

Schon lange litt Egon Brecht an einer fortgeschrittenen, vielleicht sogar unheilbaren Schicksalsverstopfung. Sein Leben war festgefahren. Ihm passierte nichts. Das Auf und Ab des Lebens das andere Menschen erhob oder niederschmetterte, war ihm fremd. Wo sich bei ihnen Glück und Pech häuften oder abwechselten, meinte das Schicksal es weder gut noch schlecht mit ihm, es ignorierte ihn einfach. Die Tage erhoben sich und die Nächte legten sich nieder und so kamen die Wochen und es gingen die Monate und es häuften sich Jahre auf Jahre und Egon Brecht blieb der Alte, während Freunde, Arbeitskollegen und flüchtige Bekannte von der Zeit angefressen wurden. Zweifelsfrei hatten sie viele Glücksfälle erlebt, hatten Kinder bekommen, aber auch Krankheiten, Beinbrüche oder Lotteriegewinne. Sie hatten Häuser gebaut, sich scheiden lassen und exklusive Teppiche gekauft, machten Urlaub in Aserbaidschan oder auf Palau, besuchten Sprachkurse in Volkshochschulen, um im Restaurant etwa auf Französisch bestellen zu können, aber sie hatten auch ernste Krankheiten und seltene Allergien, Angst vor Impfungen und vor der inneren Leere. Ihre Leben wurden bestimmt von Erfolgen und Pleiten, von rauschenden Siegen und krachenden Niederlagen, von Arbeits- und Verkehrsunfällen, Tropenkrankheiten, chirurgischen Eingriffen, Lottogewinnen, Ratenkrediten und akademischen Weihen. Im Leben des Egon Brecht hingegen passierte nichts was eine Aufregung rechtfertigen konnte. Beinahe jeder Tag glich dem anderen. Seit fast zwei Jahrzehnten wohnte er im selben Haus zur Miete. Die Einrichtung seiner bescheidenen, aber gepflegten kleinen Wohnung hatte sich kaum verändert, nur das technische Gerät wurden im Jahresrhythmus aktualisiert. Fernseher, Computer, Öfen, all dies wollte Egon Brecht möglichst auf dem neuesten Stand haben. Dass dies in zunehmend stärkeren Kontrast zum reichlich abgenutzten Mobiliar geriet störte ihn nicht, verwunderte aber Freunde, die zu Besuch kamen. Die Wohnung hatte er bezogen nachdem Birgit sich von ihm getrennt hatte. Fast drei Monate hatten sie zuvor in einer größeren gemeinsamen Wohnung zugebracht. Doch kurz vor der geplanten Heirat besann sie sich darauf, dass sie wohl doch nicht zusammenpassten. Birgit hatte schon das Gefühl, dass Egon ihr keine Abwechslung bieten konnte oder wollte. Nachdem sie alle Restaurants im Umkreis mehrfach ausprobiert, Theater, Kino und Sportveranstaltungen besucht hatten, gelangten sie in einen Zustand, der auf seltsame Weise Sättigung und Hunger verband. Seitdem waren zwanzig Jahre vergangen. Während Birgit die gemeinsame Wohnung behalten hatte, im Jahr darauf einen afghanischen Asylbewerber heiratete, mit ihm drei Kinder bekam, einen Laden für Lebensmittelexporte eröffnete, ehe sie sich nach einigen Schulden und Jahren scheiden ließen, blieb Egon in der Übergangswohnung wohnen. Es änderte sich nichts mehr. Er hatte noch immer dieselbe Arbeitsstelle als Sachbearbeiter im Nachlassgericht, wo er tagein, tagaus mit Hinterbliebenen zu tun hatte, die rührende Geschichten zu erzählen hatten, während viele allenfalls darauf aus waren, das Erbe auszuschlagen, um den Schulden des verstorbenen Verwandten zu entkommen.

Die tägliche Tragik seiner Klienten drang jedoch kaum über seinen Schreibtisch vor und erreichte weder sein Gemüt noch sein eigenes Leben. Ihm selbst kam es so vor, als wäre er vom Beruf zwar Schlachter, ständig damit beschäftigt, ein Tier nach dem anderen zu töten und zu zerteilen, dabei selbst Veganer zu sein, der von alledem, was er fabrizierte und wonach die Menschen sich seltsamerweise sehnten, nichts wissen oder essen wollte. Nicht einen Bissen wollte er. Auch seinen Nebenjob im Spielcasino hatte Egon bereits seit über fünfzehn Jahren. Seitdem verbrachte er jedes Wochenende damit, einsamen Menschen, die des nachts stundenlang vor Geldautomaten saßen und auf drei Rosen, Hufeisen oder Herzen warteten, Geld zu wechseln, Snacks zu verkaufen oder ihre Tische zu säubern. Anders als im Amtszimmer, brauchte er im Spielsalon nicht viel zu erklären. Das war gut so und sogar noch besser, denn Egon hatte in all den Jahren nicht verstanden, was jene Männer veranlasste, ihre Nächte und ihr Geld zu verbringen, aber er spürte, dass ihre Beweggründe sich von seinen hier zu sein, im Grunde nicht allzu sehr unterscheiden konnten. Der Unterschied war eben auch hier, dass sie in einer Stunde hundert Euro verspielen oder gewinnen konnten, während Egon hinter seinem Tresen saß auf die Uhr achtete, etwa um festzustellen, dass er noch achtzehn Minuten Zeit hatte, ehe er seine nächste Runde durch den Salon machte, um hier und da nach zu wischen oder Besucher zu fragen, ob sie einen Kaffee haben mochten. Das aufregendste Erlebnis, dass er in all den Jahren hatte, bestand darin, dass ein junger verzweifelter Mann, der wenige Tage zuvor bei ihm in der Amtsstube war, um das Erbe seiner verunglückten Eltern auszuschlagen, weil sie stark verschuldet und angeblich keine Sachwerte hinterlassen hatten, nun am Wochenende mit zwei Freunden ausgelassen in das Casino kam, offensichtlich in bester Laune. Egon bemerkte durchaus, dass der junge Waise ihn erkannt hatte und mit seinen Freunden vielleicht in seine Richtung sahen und etwas tuschelten. Doch mehr ergab sich daraus nicht, obwohl Egon ihm zunickte, freilich ohne eine Reaktion zu erhalten. Da ihre letzte Begegnung erst ein paar Tage her war, hatte Egon noch alle Daten des jungen Mannes im Gedächtnis. Ihn in kurzer Zeit als trauernden Waisen und als ausgelassenen

Draufgänger zu beobachten, das gab Egon durchaus zu denken. Glück und Pech lagen nahe beieinander und hatten offenbar weniger miteinander zu tun, als er der Gerichtsdiener mit seinen Klienten. Der eine Erbe trauerte, der nächste freute sich über einen Vermögenszuwachs. Und in der Absicht, es zu vermehren, konnte man sein Geld auch verspielen. Der junge Mann jedenfalls war der einzige, der Egon sowohl als Spielhallenaufsicht und als Gerichtsbeamten kannte.

Egon war, abgesehen von seinem Vater, der letzte lebende Angehörige seiner Familie. Seine Großeltern waren schon vor seiner Geburt gestorben oder starben in den Jahren vor seiner Einschulung. Nur seinen väterlichen Großvater hatte er noch kennengelernt, wenngleich ihn mit ihm aus eigener Erfahrung nur wenige schemenhafte Erinnerungen verbanden. Auch Martin sein älterer Bruder starb im Alter von achtzehn Jahren bei einem selbstverschuldeten Verkehrsunfall. Damals war Egon erst fünf Jahre alt. Als er selbst gerade volljährig geworden war, starb seine Mutter an Bauchspeicheldrüsenkrebs. Hans sein Vater war bereits seit einigen Jahren in einem Altenheim und litt an einer schweren Form der Demenz. Für ihn existierte nur noch der Raum in dem er sich befand. Er erinnerte sich nicht einmal daran, dass mit seinem Gedächtnis etwas nicht stimmte. Wann immer Egon ihn besuchte, und das war zumindest einmal in der Woche, wurde ihm schmerzhaft bewusst, dass mit dem Vergessen seines Vaters viel mehr als dessen bloße Erinnerungen verloren gingen. Auch sein eigenes Leben war davon betroffen, gab es sonst niemanden mehr aus seiner Familie und somit auch niemand sonst mehr, der sich an all jene Dinge erinnern konnte, was sein Leben bislang ausmachte. Niemand mochte mehr etwas dazu sagen, was er als Kleinkind erlebte, darüber wie er aufwuchs. Seine Familie existierte nicht mehr, obwohl alles ganz anders gedacht war und so sein sollte, wie es über Generationen war. Als Egon ein Kind war, erzählte sein Vater von Geschichten, die sein Großvater ihm noch erzählt hatte, der es wieder von seinem Großvater wusste. Wilde Geschichte aus längst vergangenen Tagen, von Abenteuern an den Ufern der Donau, von Expeditionen in Sibiriern, von Auswanderungen in den

Wilden Westen Amerikas oder Kolonialhandel in Deutschsüdwest. Immer ging es dabei mehr oder minder darum, dass ein Familienmitglied einem Betrüger übertölpelt hatte oder von einem übertölpelt wurde. Die Geschichten handelten von Glück und Pech, von Spekulationen und Risiken. Obwohl es mit dem Leben der Familie nichts zu tun hatte, lauschte Egon gerne den Geschichten. Doch nun verblassten sie mit dem Bewusstsein des Vaters.

Hans Brecht war durchaus dazu in der Lage Egon als seinen Sohn zu erkennen, aber es dauerte nicht lange, bis es damit vorbei war. Jede beliebige Ablenkung konnte die Begegnung auf null setzen. Egon konnte von vorne beginnen und versuchen seinen Vater mühsam davon zu überzeugen, dass er sein Sohn ist und sich mit ihm unterhalten wollte. Doch sein Vater erinnerte sich nur noch an seine eigene Kindheit, zumindest sporadisch, stichworthaft, jedoch nicht an die seines Sohnes, der ihn ihm Heim besuchen kam. Dort ging er nach dem Frühstück meist wieder ins Bett, um nach einer halben Stunde allenfalls erneut an seinem Tisch zu sitzen und ungeduldig nach dem Frühstück zu verlangen, das zwischenzeitlich aber abgeräumt worden war, weil er es nicht angerührt hatte. Lediglich einen kleinen Schluck Tee hatte er zu sich genommen. Pfleger, die ihn davon überzeugen wollten, dass er bereits gefrühstückt hatte, bekamen von ihm zu hören: *„So geht das nicht!"* Wenn er dann erneut sein Frühstück serviert bekam, wiederholte sich freilich die vorherige Prozedur. Er nippte etwas am Kaffee und legte sich nach einer Weile unschlüssigen Herumsitzens wieder zu Bett. Wenigstens dann, wenn seine eigenartige Routine nicht unterbrochen wurde. Das konnte man etwa durch eine Tageszeitung erreichen, die man ihm zum Frühstück auf den Tisch legte. Das war zwar meist die aktuelle Ausgabe, hätte aber genauso gut fast jede andere sein können, da Egons Vater mit Inhalten nach 1963 faktisch nichts anfangen konnte. Anders formuliert war in seiner Welt Adenauer noch immer Kanzler und Kennedy noch immer Präsident von Amerika. Alles was hernach entstanden war, existierte nur kurzfristig, wenn man es erwähnte, wie beispielsweise Angela Merkel als Kanzlerin oder Barack Obama als US-Präsident. Sicher, aus der Perspektive der frühen 1960er Jahre war es nicht sehr wahrscheinlich, dass ein „Weibsbild" das Kanzleramt in Deutschland innehatte und ein „Neger" im Weißen Haus regierte. Wenn derlei zur Sprache kam, lachte der Alte nur, so als ob man ihm einen schrägen, satirischen Witz, eine Art Posse erzählt hätte. Meist aber war er alleine und las selbst laut aus der Zeitung vor, ohne, dass jemand im Zimmer war, dann fiel das weniger ins Gewicht, da er ohnehin spätestens nach einem Absatz oder zwei bereits die Überschrift und das Thema des Artikels vergessen hatte. Er ging sodann zu einer anderen Meldung über oder las ihn nochmal oder er malte Buchstaben aus oder stattete die Gesichter auf den Fotos mit Brillen, Hüten und einem breit grinsenden Mundwinkel aus. Betrat ein Pfleger sein Zimmer, so fragte er stets nach dem aktuellen Datum. Auf seinem Tisch hatte er einen Schreibblock auf dem er es dann mehrmals täglich notierte, zumindest was Tag und Monat betraf. 2016 kam ihm wohl zu absurd vor, um als Jahreszahl in Betracht zu kommen, weshalb er meist eine Jahreszahl aus den frühen 1960er Jahren notierte. Fragte man ihn nach seinem Alter, so würde er nach Laune 21 oder 25 sagen, je nachdem, wo er sich gedanklich gerade befand. In der physischen Realität unterschlug er dabei allerdings mehr als ein halbes Jahrhundert. In seinem eigenen geistigen Universum lebte Egons Vater freilich in einer Art betreutem Nirwana, befreit von Absichten, Verlangen, Begehren und Bindungen. Ganz so, als wäre Buddha der Prophet der Dementen gewesen.

In gewisser Weise beneidete Egon Brecht seinen Vater, um dessen arglose Leichtigkeit im Alltag, auch wenn diese nur durch mit erheblichen personalen und logistischen Aufwand aufrechterhalten werden konnte. Aber war nicht genau dies das Vorrecht von Herrschern und Fürsten früherer Zeiten, umsorgt zu werden, obwohl oder gerade weil sie in einer Traumwelt lebten? Wenigstens insofern sie nicht sich selbst oder andere gefährdeten. Egon Brecht aber litt an einer fortgeschrittenen, vielleicht sogar unheilbaren Schicksalsverstopfung und der Zustand seines Vaters hatte damit sicher damit zu tun, ebenso wie der Umstand, dass mit der schweren Demenz seines Vaters auch Egons Familie aufgehört hatte zu existieren. Dieser Umstand wiederum hatte seiner eigenen

Existenz den Boden entzogen. Alleine lebend, fehlte ihm der Bezug zur Außenwelt, niemand wusste was ihm in seinem bisherigen Leben passiert war. Das war nicht weiter von Belang, da auch Egon nicht interessierte, was seine Bekannten und Kollegen als Kinder erlebt hatten oder in ihrem Privatleben erfuhren. Die verlorene Erinnerung machte aber all das, was ihn ausmachte ungeschehen. Es war wie ein Gedenkstein, dessen Inschrift ausgemeißelt wurde. Schon die alten Ägypter zerstörten auf diese Weise die Erinnerung an verhasste frühere Herrscher. Ganz gleich, welche Heldentaten er sich zu Lebzeiten rühmte, nach seinem Tod wurde der verstorbene Herrscher aus dem allgemeinen Gedächtnis getilgt, so dass nichts von dem was er in seinem Leben vollbrachte Bestand hatte. In gewisser Weise ist dies der Alptraum aller Kulturvertreter: vergessen, ausgelöscht, bedeutungslos zu sein. Egon nun fühlte sich schon zu Lebzeiten so, da in seinem Leben nichts passierte, was Spuren hinterließ. Vielleicht würde nach seinem Tod irgendjemand eine noch von ihm bearbeitete Akte aus dem Archiv holen, um etwas nachzuschlagen oder nachzutragen und vielleicht würde sich derjenige schwach erinnern und „ach, der Brecht" sagen oder falls es schon länger zurücklag einen Kollegen fragen „kannte den wer"? Im Spielkasino würde ihn sicher niemand vermissen.

Schon als Kind galt Egon als Dilettant. Es erschien so, als ob im Umkreis von drei Fahrradstunden niemand schlechter auf die Rolle eines Kindes vorbereitet war als er. Kinderkrankheiten und Unfälle, die viele seiner Mitschüler im Laufe der Jahre erlitten, blieben ihm zwar erspart, und er beneidete manche wegen der Aufmerksamkeit, die sie bei Lehrern, Erwachsenen und Gleichalterigen mit ihren von Unterschriften und Zeichnungen geschmückten Gipsbeinen erweckten, aber abgesehen davon gelang Egon herzlich wenig. Zur Einschulung bekam er ein Fahrrad geschenkt, doch stürzte er damit einige male so schwer, dass das Fahrrad unbrauchbar wurde, während er selbst nur einige Schrammen und blaue Flecken davontrug. Zu seinem zwölften Geburtstag bekam Egon von seinem Onkel Ralf, der in den Bergen wohnte, einen großen Zauberkasten, der auf der Verpackung mit einem Bild von Harry Houdini warb:

The World of Magic – für Kinder ab 6 Jahren. Egon freute sich sehr über das unerwartete Geschenk und widmete viel seiner Freizeit, um die einzelnen Kunststücke einzustudieren. Bald besorgte er sich weitere Bücher zum Thema und träumte davon schöne junge Frauen in der Luft schweben zu lassen oder in der Mitte zu zersägen. Doch sobald es darum ging, den einen oder anderen Trick vor Publikum aufzuführen, welches aus Familienmitgliedern, Mitschülern oder Gästen von Kindergeburtstagen bestand, verhaspelte er sich. Der Zauberstab, der mit einem dünnen, transparenten und deshalb eigentlich nicht sichtbaren Gummiband verbunden war, verheddert sich damit am Knopf seines Hemdes, was den Effekt hatte, dass Egon mit einer leeren Hand herumfuchtelte, der Zauberstab aber am Ärmel baumelte. Damit war der Kniff natürlich enttarnt und dies zugleich auch in einer Weise, die den meisten Betrachtern noch nicht einmal komisch erschien. Die Blumen im Zylinder verstopften sich und selbst mehrfaches Klopfen auf den Hut bewirkte nur, dass ein einzelnes Blatt, dass sich von der Plastikpflanze gelöst hatte herausfiel. Auch mit den

Kartenspieltricks lief es nicht besser. Mit einem Mitschüler geriet er in eine Rangelei, bei der er von diesem zu Boden gerungen wurde, eher die Lehrerin einschritt. Der Schüler hatte aus einem Stapel eine Karte gezogen und hatte, ganz zu Recht darauf bestanden, dass es sich dabei um die Herzsieben handelte, während Egon ihn der Schummelei bezichtigte und darauf bestand, dass es die Herzdame war. Doch Lehrer und Mitschüler bestätigten einhellig, dass der Schüler die Wahrheit gesagt habe. Als wenig später bei der Geburtstagsparty im Nachbarhaus schließlich auch noch eine verschwundene 5-Mark-Münze nicht mehr aufzutreiben war und Egon nicht in der Lage war, sie dem Vater des sechsjährigen Nachbarjungen zu ersetzen, endete auch seine magische Karriere.

Gleich danach versuchte er sich über die Theatergruppe seiner Schule als Schauspieler, freilich wurden ihm keine Rollen aus Shakespeare-Stücken angeboten wurden, weder Hamlet noch Richard III. Es reichte nur für die Nebenrolle des *Wixers* in Johann Nestroys „Zerrissenen". Dass der Name seines Protagonisten, der 1844 als das Stück geschrieben wurde, längst eine andere, gelinde gesagt abschätzige Bedeutung angenommen hatte, war dem 12jährigen Schüler nicht klar, ergab sich aber bald auch für ihn, der eine quälend lange Zeit mit seinem Rollennamen gerufen wurde. Damit hatten sich auch seine schauspielerischen Ambitionen erledigt und Egon war seither froh, durch nichts aufzufallen.

Heute erinnerten lediglich die Nächte im Spielkasino atmosphärisch noch ein wenig an die damals erträumte Glitzerwelt. Vater Brecht hatte seinen Willen durchgesetzt und ließ seinen Sohn Jura studieren. Egon jedoch war keineswegs eifrig und bestand die meisten Aufgaben und Prüfungen nur mit mäßigem Erfolg.

Seit seiner Jugend begann er Medien zu sammeln. Zuerst waren es Auto- und Flugzeugmodelle, dann Schallplatten, dann Videokassetten, schließlich CDs und DVDs. Er hatte abertausende von ihnen, besonders Rockmusik, darunter Raritäten und Kuriositäten für die andere Sammler hohe Preise zahlen würden. Hinzu kamen Fanartikel wie Buttons, Poster, schachtelweise Postkarten,

Konzerthefte und dergleichen. Auch besaß er schier endlos viel Bücher, vor allem Bildbände. Von seinem Vater hatte er einige Alben mit seltenen Briefmarken und Münzen erhalten, aber auch Behälter mit präparierten Insekten. Jahrelang war er nach Schule, Studium oder Arbeit in Läden gegangen, um danach Ausschau zu halten, womit er eine seiner Sammlungen aufstocken konnte. Genau genommen dienten ihm diese Trophäen nicht nur als Ersatz für den Austausch mit anderen Menschen, sie hielten diese auch auf Distanz. Er wählte ihm jemand, dass er Urlaub in Ägypten machte, so konnte Egon sagen, dass er bei sich drei Bücher über Hieroglyphen habe. Das erweckte sehr wohl den Anschein, dass er sie auch lesen und schreiben konnte, was aber nicht zutraf.

Egon hatte sein Leben verpasst. Wenn er, was selten genug vorkam, mit Kollegen zum Essen ausging und im Rahmen der üblichen Konversation nach seinem Privatleben gefragt wurde, sagte er Sätze wie diesen: „*Ich warte auf ein Wunder und wundere mich, dass ich warte.*" Insgeheim war er sich bewusst, dass er eines Schicksalsschlages bedurfte. Dieser mochte glücklich sein, wie der

Gewinn in der Lotterie, eine neue Liebschaft oder eine Beförderung oder aber dramatisch wie ein Verkehrsunfall, eine Krebsdiagnose oder Geiselnahme. Es musste etwas sein, das unweigerlich war, da Egon ansonsten ganz gewiss einen Augenblick zu lange zögern und die Gelegenheit verpassen würde. Was immer Korrekturen ermöglichte, vereitelte sie unweigerlich zugleich. Und so schwankte Egon zwischen dem Verlangen, irgendetwas in seinem Leben zu ändern und dem Ausbleiben eines stichhaltigen Arguments, es tatsächlich zu tun. Mit dem Vorhaben, sich ein bestimmtes Abendessen zu besorgen, konnte er in den Supermarkt gehen, um dort vor dem Regal stehen zu bleiben, doch keine Spaghetti zu kaufen, da er ja noch dreißig Dosen mit Tomaten, Linsen, Bohnen und was noch immer zu Hause hatte, ganz abgesehen einigen Packungen mit Reis. Genaugenommen hatte er nicht den geringsten Mangel an Nahrungsmitteln, sondern könnte ohne weiteres Tage, wenn nicht Wochen auskommen, sollte die öffentliche Versorgung, warum und wodurch auch immer einmal zusammenbrechen. Doch damit war freilich nicht zu rechnen und ganz offensichtlich gab es nichts, was Egon dafür oder dagegen tun konnte.

In seinem Schlafzimmer machte Egon die Koffer auf, holte Anzüge und Sakkos hervor, um sie auszulüften, packte dann Hemden, Hosen, Unterwäsche, Schuhe und Rasierzeug aus und klappte die Koffer wieder zu. Mit der Skepsis, die er sonst nur gegenüber Leuten aufbrachte, die ein Erbe ausschlugen, betrachtete Egon den Stapel an Bekleidungsstücken. Die Koffer hatte er aus dem Keller geholt, wo sie zwanzig Jahre herumstanden. In den Seitenfächern waren noch einige beschriebene, aber nie abgesandte Postkarten. Gepackt hatte er sie, als er damals mit Birgit im Urlaub in Spanien war und sie sich am Abend ihrer Rückkehr von ihm trennte. Er hatte die Koffer längst vergessen und staunte nun darüber auf seinem Bett das Urlaubsgepäck von damals zu sehen. Nicht nur sein Modegeschmack hatte sich stark verändert, sondern offensichtlich auch die Kleidungsgrößen. Damals kamen sie aus Barcelona. Es war eine lange Taxifahrt zum Flughafen gewesen. In der Stadt wollte Birgit noch ein paar Geschäfte ansehen, etwas Atmosphäre schnuppern, vielleicht etwas Parfüm für sie kaufen. Sie fand jedoch nichts Passendes und war unzufrieden damit. Ohne es offen anzusprechen machte sie Egon dafür verantwortlich, nicht mehr Zeit und Ruhe für den Einkauf zu haben. Doch als er selbst kurz vor der Auslage eines Buchladens stehen blieb, klagte sie darüber, dass ihre Füße schmerzten. Zudem hatten sie sich von der Hauptstraße entfernt, wo sie das Taxi abgesetzt hatte und sie mussten deshalb ein weiteres finden, dass sie zum Flughafen bringen würde, wo ihr Gepäck vom Hotel aus hingebracht werden sollte. Ein Passant sagte ihnen, dass sie den Weg zum Flughafen auch zu Fuß schaffen könnten, aber Birgit befand, dass sie wegen des vielen Herumlaufens zu müde sei. Egon schlug ein Abendessen vor, doch Birgit bestand darauf, sofort mit einem Taxi zum Flughafen zu fahren, wo es sicher auch etwas zu essen gäbe. Egon stimmte zu und ging in einen Laden und schilderte auf English seinen Wunsch nach einem Taxi zu Flughafen. Er gab der Verkäuferin einen Geldschein für ihre Dienste und ging wieder nach draußen, wo er Birgit nicht ausfindig machen konnte. Er blieb zunächst vor dem

Laden stehen, blickte dann auf die Uhr und sah sich nervös um. Wo war Birgit? In der Straße gab es wohl wenigstens zwanzig Geschäfte oder Lokale, zudem einige Seiteneingänge und Hinterhöfe und jede Menge Passanten und Touristen. So entschied er sich auf das Taxi zu warten und als dieses kam, sich neben den Fahrer zu setzen und weiter zu warten. Schließlich kam auch Birgit mit zwei oder drei kleineren Täschchen. Sie bemerkte das Taxi nicht und wollte eben dran vorbeilaufen, als Egon seine Türe öffnete und zu ihre sagte: *„Wir warten hier schon zwanzig Minuten."* Birgit entgegnete nichts und nahm auf dem Rücksitz des Taxis Platz. Dann sagte sie, er mache ihr wie immer nur Vorwürfe. Am Flughafen hatten sie kein rechtes Abendessen mehr bekommen, nur ein paar Schnitten im Supermarkt. Sie sprachen nicht viel. Im Flugzeug schlief Birgit rasch neben ihm ein. Als sie zu Hause angekommen waren und Egon das gesamte Gepäck die Treppen in die zweite Etage hochgetragen hatte, saß Birgit auf dem Wohnzimmersofa, zündete sich eine Zigarette an und sagte zu Egon: *„Ich werde mich von Dir trennen. Es ist besser, wenn Du* *gleich gehst.*" Dabei war es im Grunde geblieben, obwohl Egon erst nach zwei Stunden albernen wie vergeblichen Streitereien beigab und seine beiden Koffer wieder nach unten trug. Dann bestellte er sich wieder ein Taxi und fuhr zu seinem Vater, der ihn zu trösten versuchte. Birgit habe sich nie wirklich für ihn interessiert, sondern war immer nur aufs Geld aus. Das sei das Schicksal von uns Wohlhabenden, dass man uns wegen des Geldes liebe, während wir selbst aus Eitelkeit undankbar gegenüber dem Reichtum würden und meinten, man liebte uns wegen uns selbst. So ähnlich hätte auch der Herr von Lips gesprochen.

Egon setzte sich aufs Bett, strich über die Kleidungsstücke und versank in Gedanken an die damalige Zeit. Dann stand er auf und holte aus der Abstellkammer blaue Säcke und stopfte den Inhalt der Koffer hinein. Nichts von alledem hatte er in den letzten zwei Jahrzehnten vermisst, obwohl ihm das Leben seitdem doch gelähmt hatte. Als er die Säcke in der Mülltonne entsorgt hatte, kam ihn der Gedanke, dass auch er sich vornehme könne, die erste Frau die ihm begegnete, heiraten zu wollen, vorausgesetzt, sie war es noch nicht. Der Gedanke elektrisierte ihn. Ganz plötzlich waren Ungewissheit und Spannung in sein Leben zurückgekehrt.

Mit seinen 47 Jahren war Egon nicht mehr der Jüngste. Er war geschieden und ohne eigenen Nachwuchs. Die Erstbeste zu heiraten wäre ein kühner Plan, befand Egon. Die Beste wäre sie nur, weil sie die erste wäre. Aber das wäre ein wenig so, als wollte man kurz vor Ladenschluss noch ein Schnäppchen finden, dass all jene, die frühmorgens schon loszogen übersehen hätten. Niemand steigt in den ersten Bus, ganz gleich, wohin er fährt und man kauft auch nicht den ersten Artikel im Supermarkt, weil es der Beste wäre und danach nichts Brauchbares mehr käme.

In der Abenddämmerung verließ er das Haus, vielleicht in einem ersten Versuch, Ausschau zu halten. Da und dort sah er tanzende Gruppen. An den Straßenecken waren Podien aufgebaut oder stehengeblieben. Kleinere Kinderkarussels waren mit Planen überdeckt, die in den stürmischen Windböen teilweise aufgewirbelt wurden. Unter einer der Planen war ein Zeppelinmodell zu sehen. Es erinnerte Egon daran, dass sein Urgroßvater vor hundert Jahren Pilot eines Kriegszeppelins war und Bomben über England abwarf, zu einer Zeit als es noch keine effektive Luftverteidigung gab aber reichlich zivile Opfer. Das änderte sich bald mit der raschen Entwicklung in der Luftfahrt und die Mehrzahl der Luftschiffpiloten verloren auch ihr Leben, da sie leichte Beute für Flugzeuge waren, die sie mit Maschinengewehren aus nächster Nähe beschossen. Egons Opa war einer der wenigen, die heil davonkamen. Dass er trotzdem Kriegsinvalide wurde, lag daran, dass er bei einem Zugunglück schwer verletzt wurde, als er nach einigen Monaten Einsatz auf den Weg in den Heimaturlaub war und sein Zug durch einen Sprengstoffanschlag auf die Schienenstränge in Belgien entgleiste. Egon wunderte sich über die Heftigkeit der Windböen, die nicht nur kalt, sondern auch manches Mal sehr ruckartig, ja fast gewalttätig waren. Der Wetterbericht hatte zwar vor orkanartigen Böen gewarnt, aber wie oft wurde ein sogenannter Starkregen angekündigt und außer ein paar Minuten seichten Tröpfeln war den ganzen Tag nichts zu vernehmen. Er lief auf eine Gruppe von Maskierten zu, in deren

Mitte ein großer Mann mit zur Körpermitte teilweise gelblich gefärbten arabischen Kostüm stand. Seine Kopfbedeckung ruckelte im Wind, aber er hatte sie vermutlich festgeklebt, denn sie hielt sich auf seinem Kopf. Um ihn herum standen ein Cowboy, ein Ritter, zwei Indianerinnen und ein dicker, bärtiger Mann in einfacher Straßenkleidung mit einer roten Clownsnase und einer seltsamen metallisch grünen Perücke. Alle redeten laut aufeinander ein und hatten ganz gewiss mehr an Alkohol zu sich genommen, als ein gewöhnlicher Saudi tolerieren würde. Egon entschloss sich, auf eine Begegnung mit der Gruppe zu verzichten und umrundete sie indem er auf die Straße auswich. Der Mann mit der roten Nase schien es als einziger zu bemerken und schrie ihm recht laut und wie in einem Protest hinterher: *„He Du, ... Du .... was machst Du da?"* Doch nahm keiner seiner Kumpels davon Notiz und Egon lief schnell weiter. Er lief noch eine Weile ziellos umher, kam dann aber zu der Überzeugung, dass er auf diese Weise keine Frau treffen würde, der er einen Heiratsantrag machen konnte. Und sollte es ihm im Rahmen einer durchzechten Faschingsparty doch gelingen, so war die

Wahrscheinlichkeit, dass er seine Wahl schon am nächsten Morgen bereuen würde, beträchtlich. Nach einigen Stunden des Herumstreifens gelangte Egon wieder nach Hause. Noch immer pfiff ein mitunter heftiger Wind durch die Straßen und Gassen und es war doch wieder recht kalt geworden.

Im Hausgang fand Egon den Lichtschalter nicht, was daran lag, dass von draußen anders als sonst, kein Licht ins Treppenhaus fiel. Er tastete im Dunklen herum bis er die Treppe und das Geländer fand. Stufe für Stufe und Schritt für Schritt bewegte er sich vorsichtig in der Finsternis nach oben. Als er in seiner Etage ankam, musste er in fast völliger Dunkelheit den Weg zu seiner Türe finden und ging mit kleinen Schritten und ausgestreckten Armen nach vorne. Er fand die Wand und den Schalter, doch auch hier ergab sich kein Licht. Als er an der Tür anlangte, zog er seinen Schlüssel aus der Hosentasche und stocherte herum, bis er das Türschloss fand. Erneut musste er sich an der Wand entlang tasten und zu seiner großen Überraschung hatte er auch in seiner Wohnung keinen Strom. Seitdem er nicht mehr rauchte hatte er kein Feuerzeug mehr.

Er überlegte, wo er Kerzen, Taschenlampen oder Streichhölzer hatte, aber in völliger Dunkelheit war das schwer zu bestimmen. Er schloss die Türe hinter sich, zog seine Schuhe aus und strich mit den Händen weiter an der Wand entlang. Seine Finger ertasteten Mäntel an der Garderobe, weich und wollig und mit einem angenehmen fruchtigen Duft. Es roch ein wenig nach Bergamotte, der bevorzugte Duft von Birgit. Egon hatte das Parfüm schon lange nicht mehr wahrgenommen und er war verwundert, ihn in seiner Wohnung zu vernehmen. Wie war das möglich? Stimmte es tatsächlich, dass man besser riechen und hören konnte, wenn man auf das Augenlicht verzichtete, weil das die restlichen Sinne schärfte? Wenn dem so war, so konnten doch Spuren des Bergamottenduftes an ihm hängengeblieben sein, obwohl das nach zwanzig Jahren nicht sehr wahrscheinlich war. Als er sich weiter tastete, kam stieß er mit den Zehen gegen einen kleinen Metalltisch, auf dessen Glasplatte er normalerweise seinen Schlüssel und das Mobiltelefon ablegte. Sein Telefon hatte er aber vergessen mitzunehmen, weshalb es irgendwo im Dunkeln seiner Wohnung herumliegen musste. Er beugte sich leicht nach unten und ließ den Schlüssel auf den Tisch fallen, was das erwartbare Scheppern von Schlüsseln auf Glas ergab. Er freute sich darüber, da zum ersten Mal seit Minuten wieder etwas vorhersehen und bestimmen konnte. Er blieb stehen und hörte, konzentrierte sich auf das markante Ticken einer Wanduhr, das sich mit einem dumpfen Tropfgeräusch, das vom Wachbecken des Badezimmers stammen musste, in einen eigenwilligen Rhythmus verband. Es zu bemerken war für Egon ebenfalls ungewöhnlich, aber die Dunkelheit konnte sich ja auch auf das Gehör positiv auswirken. Plötzlich hörte er nun aber Schritte die aus seinem Schlafzimmer stammen mussten. Er blieb starr vor Schreck stehen. Das ganze Haus war in finsterstes Schwarz gehüllt, außer dem Wind, dem Ticken und dem Tropfen war rein gar nichts zu hören, obwohl sonst immer Stimmen im Haus zu hören waren, oder ein Poltern, Schreie oder Geräusche von zu laut aufgedrehten Fernsehapparaten. Und wieder hörte er Schritte, drei vier, ganz so, als ob jemand in kurzen Schritten im Zimmer von hier nach dort ging und wieder zurück.

Egon zögerte noch einen Moment, doch dann ging er zur Türe seines Schlafzimmers. Als er sie öffnete, stand er bereits neben ihr. Dem Geruch und den Bewegungen nach zu urteilen musste es eine Frau sein. Sie umarmte ihn wortlos. Er folgte ihrem Beispiel und schon waren Mund an Mund. Sie standen eine Weile ruhig in der Dunkelheit Lippen an Lippen. Dann wurde es ihnen offenbar zu unbequem und sie führte ihn mit sich in das Zimmer hinein. Beide sprachen kein Wort. Die Frau roch so, als habe sie erst vor kurzem noch gebadet und ihre Haut strömte noch die entsprechende Wärme des Nachdampfens aus. Hatte sie beim ihm gebadet, tropfte deshalb der Wasserhahn? Wer war sie überhaupt? Egon fühlte sich ruhig und spürte keine Bedrohung, doch er hatte die Ahnung, dass wenn er etwas sagen würde, der Zauber des Moments verfliegen würde. Egon flüsterte leise: „Wer, wer ... was, was?". Doch schon legte sich ein Finger auf seinen Mund und er hörte einen leichten „sch"-Laut, wie man ihn von sich geben würde, um ein Kind zu beruhigen. Ohne Zeit zu verlieren, legten beide recht schnell die größeren Kleidungsstücke ab. Hier und da gab es ein kleines Geräusch, dann sanken beide auf das

Bett und es raschelte nur noch die Bettwäsche.

Als er Stunden später aufwachte und um sich tastete merkte Egon, dass er wieder allein im Bett lag. Er stand vorsichtig auf und sammelte vom Boden eine Socke, seine Hose und ein Hemd und kleidete sich an. Durch das Fenster war der erste leichte Schimmer der baldigen Morgendämmerung zu sehen, was ihm ermöglichte einige Umrisse im Zimmer zu erkennen. Das Bett, der Schrank, Stühle, eine Kommode und dergleichen. Von der Frau, mit der er die Nacht verbracht hatte, war nichts zu sehen. Auch war der süßlich-fruchtige Geruch ihres Parfüms entschwunden. Er ging zum Fenster und sah nun im Nachbarhaus bereits ein erleuchtetes Fenster, das von Frühaufstehern stammen mochte oder von Nachbarn, die die Nacht durchzecht hatten. Jedenfalls fiel es ihm nun leicht, sich im Zimmer zu orientieren und so ging er zur Türe und drückte den Lichtschalter, wodurch der Raum sofort von den Strahlern der Deckenleuchten erhellt wurde. Das Licht blendete ihn zunächst, doch er kniff die Augen zusammen, um sich daran zu gewöhnen. Nun fiel ihm schnell auf, dass er allein war. In den nächsten Momenten lief er aufgeregt durch seine Wohnung, machte überall Licht und raste hin und her. Die Frau war verschwunden. Mehr noch deutete rein gar nichts auf ihren Aufenthalt hin. Vielleicht konnte ein Kriminalist irgendwo ein Haar oder Hautpartikel ausfindig machen und dergleichen. Egon jedoch fiel nichts Besonderes auf. Was am schwersten wog, war der Umstand, dass eine Seite des Doppelbettes fast unbenutzt war. Die wenigen Falten, die das Betttuch aufwies konnten auch von ihm selbst stammen.

Egon war empört, konnte aber nicht sagen, worüber eigentlich. Ohne Zweifel war es eine sehr schöne Nacht, aber was wenn es nur ein Traum war? Dann wäre es zwar ein schöner, zugleich aber auch seltsamer gewesen und mit einem, wie immer man es auch drehen und wenden wollte, doch unschönen Ende, vorausgesetzt er war schon wach. Er blickte sich noch mal genauer um und merkte nun, dass die alten Koffer, die er vor seinem Weggang auf sein Bett ausgebreitet hatte, nun auf dem Schrank waren. War er noch bei Sinnen? Er ging ins Badezimmer, wo der Wasserhahn offenbar zu tropfen aufgehört hatte und nahm eine lauwarme Dusche. Danach kleidete er sich frisch an und suchte nach seinem Mobiltelefon. Keine neuen Nachrichten. Er ging in die Küche und bereitete einen Kaffee. Dann ging er nach unten zum Briefkasten, wo er mehrere Umschläge vorfand. Ein Schreiben vom Finanzamt, drei Werbebriefe, eine Stromrechnung. Nichts Besonderes also, vor allem keine Nachricht seiner nächtlichen Liebschaft. Im Hausgang traf er den alten Herrn Müller aus der Wohnung unter ihm und sprach ihn auf den Stromausfall am letzten Abend an, doch der alte Mann sah ihn nur mit gerunzelter Stirn an, schüttelte ungläubig den Kopf und verschwand hinter seiner Türe. Das konnte man nun deuten wie man wollte, jedenfalls war es keine direkte Bestätigung seiner eigenen Erfahrung. Hatte er nur geträumt? Alles und wenn dem so war, ab welchem Zeitpunkt?

Wieder in seiner Wohnung ging Egon zum Kühlschrank, wo er zumindest noch die gekühlte Bierdose vorfand, an die er sich erinnern konnte, dass er sie am Vortag dort eingestellt hatte. Es mochte nicht schaden, etwas zu trinken, auch wenn es Alkohol am Morgen war. Er hatte ja am Vorabend nichts getrunken, womit er unter den Faschingsfeiern ringsumher wohl recht alleine war. Er nahm die Dose und führte sie zum Mund, doch als er einen kräftigen Schluck daraus nehmen wollte, kam nichts heraus. Egon war erneut verblüfft, wobei ihm die Dose aus der Hand entglitt und in sehr schmerzhafter Weise auf die Zehen seines rechten Fußes fiel. Er schrie auf vor Schmerz und beugte sich zu seinem Fuß herab, rieb ihn dann auf der Sitzfläche eines Küchenstuhls. Er zog sich die rechte Socke aus und sah, dass oberhalb der Zehen seines Fußes eine erhebliche Schwellung mit bereits deutlichen bläulichen Hämatomen entstanden war. Einige Momente später bückte er sich nach der Bierdose, aus der er zuvor zwar nicht trinken konnte, die nun aber doch schwer genug war, um seinem Fuß solche Pein zu bereiten und erkannte zumindest für diesen Fall, die Lösung des Rätsels. Gedanklich wohl abgelenkt hatte Egon ganz einfach vergessen, die Dose zu öffnen, ehe er aus ihr trinken wollte. Als ihm Ursache und Malheur bewusstwurden, lachte Egon laut auf und fragte sich selbst, ob dies nun vielleicht nicht doch endlich eine Art von Pech war, wenngleich der Fall der Dose auf seinen Fuß, so schmerzhaft er auch gewesen sein mochte, als Schicksal vielleicht doch überbewertet wäre.

Wenngleich ihm nun offenbar absurde Geschehnisse passierten, so waren diese wenigstens weder langweilig noch vorhersehbar und allem Anschein auch nicht leicht zu erklären. Immerhin war ihm noch nie eine Getränkedose auf die Zehen gefallen. Er stellte sich vor, seinen Kollegen in der Gerichtskantine davon zu erzählen und sich auszumalen, wer in das Lachen über sein Missgeschick einstimmen mochte. Zunächst aber musste er erst wieder ohne Schmerzen laufen können. Des Weiteren war noch nicht geklärt, wie er nun weitergehen sollte in seinem Bemühen, seine seit Jahren anhaltende Schicksalsverstopfung aufzulösen.

Wollte er nun wirklich die erste Frau, die ihm begegnete heiraten? Vorausgesetzt er war wach und träumte nicht oder war wie auch immer bei Verstand. Aber war jemand, der sich einen solchen Vorsatz fasst, eigentlich noch bei Verstand? Egon wusste, wie sein Vater in früheren Zeiten darüber gedacht hätte. Einmal wäre er der verträumte, weitestgehend nichtsnutzige Sohn gewesen, der Tagträumen nachhängt. Doch angesichts der sehr weit fortgeschrittenen Demenz seines Vaters war diese, früher maßgebliche Instanz längst weggebrochen. Er konnte seinem Vater alles Mögliche erzählen, er würde seine Hand ergreifen und über alle Maßen wie über einen unverdienten Glücksfall lachen und sagen: *„Was soll ich sagen, mir geht es gut. Ich kann nicht klagen. All die anderen, die früher Ständig Sorgen hatten, liegen längst flach. Mir fehlt gar nichts. Mir geht's gut."* Wenige Augenblicke später freilich hatte er bereits vergessen mit wem und was er gesprochen hatte.

„Um andere zum Narren zu halten, braucht man lediglich Leute, die einen an Dummheit übertreffen. Wenn man sich mit Vorsatz für einen Narren halten will, muss man sich selbst an Gescheitheit übertreffen." So stand es in seinem Abreißkalender. Von wem das Zitat stammte, konnte Egon nicht lesen, da Teile des Kalenders nur schlecht

gedruckt waren, doch dafür war er auch reduziert im Sonderangebot zu kaufen gewesen.

Er konnte nun schlechterdings die erste Frau auf der Straße ansprechen und ihr einen Heiratsantrag machen, auch wenn dies von der bloßen Idee eine durchaus herausfordernde Aufgabenstellung wäre, die an echtem Lebensgehalt durch keinen Extremsport- oder kühnen Abenteuerurlaub übertroffen werden konnte. Dinge eben, von denen ihm seit Jahren Freunde, Bekannte und Kollegen immer wieder erzählten. Einen solchen Mut hätten sie alle nicht. Egon hatte ihn freilich auch nicht. Nun aber befasste er sich wenigstens mit der Möglichkeit und das war nach seinem eigenem Ermessen durchaus von einer gewissen Kühnheit. Freilich wollte er auch nicht tollkühn sein und keine absurden Risiken einhergehen. Beispielsweise konnte er wohl ganz sicher keine tief Verschleierte im Tschador in Beisein ihres Mannes oder anderen männlichen Bewachers ansprechen, um ihr einen Heiratsantrag zu machen. Wenigstens dann, wenn er nicht ohnehin gerade ins nächste Krankenhaus wollte. In derselben Weise mussten natürlich auch alle anderen Frauen ausscheiden, die auf legale Weise verheiratet waren. Das Risiko in ein Eifersuchtsdrama oder vergleichbare Kalamitäten zu geraten war zu groß, ganz unabhängig davon, ob die adressierte Dame sich überhaupt für ihn interessieren mochte. Selbst wenn nicht, was wahrscheinlicher war, war das Risiko neben einer Abfuhr zumindest auch noch eine Abreibung zu bekommen, ungleich größer, wenn die Erstbeste bereits *vergeben* war. Doch woran sollte er es ausmachen, ab wann eine reelle Chance bestand? Sollte er Tanzkurse oder Sportvereine besuchen, um eine körperlich fitte Dame zu treffen oder eher das Theater, ins Museum oder zur Uni, wegen des dort erwartbaren Intellekts?

Nach einiger Überlegung entschloss sich Egon dazu, ein Taxi zu bestellen, dass ihn auf direkten Weg zum Zoologischen Garten bringen sollte. Auf der Station in welcher sein Vater untergebracht war, gab es im Nebenzimmer eine Frau. Sie war sicher bereits neunzig Jahre alt und konnte sich aus eigner Kraft nicht mehr aus dem Brett erheben.

Egon hatte sie einmal mit seinem Vater besucht. Besser gesagt hatte sein Vater ihn zu ihr mitgenommen, freilich ohne nach ein paar Minuten noch zu wissen, was er seinem Sohn eigentlich zeigen wollte, oder zu wissen, dass der Mann neben ihm überhaupt sein Sohn war. Wie dem auch immer sei, die alte Dame hatte auf ihrem Bett zwei Teddybären sitzen und erzählte unter Tränen davon, dass Bär der Kosenamen ihres verstorbenen Mannes war und die Bären sie immer an ihn erinnerten. Wann immer sie nun der Schmerz über seinen Verlust überkäme, und das sei auch nach über sechs Jahren noch immer fast täglich, seien die Bären ihr ein Trost, da sie sie in den Arm nehmen und mit ihnen Kuscheln könne, obwohl sie natürlich genau wisse, dass es nur Stofftiere seien – *„und nichts weiter"*. Wenn man aber erstmal alles verloren habe, was einem im Leben wichtig war, habe selbst ein Stofftier eine Bedeutung wie sonst nur ein Goldschatz. Weshalb dereinst wohl Hitler das rosa Kaninchen stahl. Warum also nicht in den Zoo? Es mochte hier eine andere, vielleicht jüngere Frau geben, die ihre Liebe einem lebenden Bären versprechen wollte.

Am Eingang hatte Egon die Wahl zwischen drei Schaltern an welchen er sein Ticket lösen konnte, zwei davon waren von Frauen besetzt, die durchaus attraktiv waren und jede Aufmerksamkeit verdient hatten, doch er entschied für den ältlichen, glatzköpfigen Mann, aus für ihn naheliegenden Gründen. Eine der Kassiererinnen zu fragen ob sie verheiratet sei, um ihr sogleich einen Heiratsantrag zu machen, wäre kaum erfolgversprechend. Nun also schlich Egon durch den Zoo, stets darauf bedacht, dass ihm nicht eine Frau mit Mann oder Kindern der beidem in den Weg lief. Schon aus weiterer Distanz sah er eine einsame Frau, die sich mit ihrer attraktiven Figur über die Brüstung eines Geheges lehnte und dabei schwungvoll ihren beachtlichen Hintern hin und her schwenkte. Was immer das nun bedeuten mag und wen immer es gewidmet sein mochte, ob Bären oder Affen, es war jedenfalls auffällig und erweckte Egons Interesse. Wonach sonst, als nach einem paarungsbereiten Weibchen wollte er denn auch Ausschau halten? Zumindest aus der Distanz sah sie nach einem Volltreffer aus.

Dem Anschein nach war die Frau sehr gut gekleidet und wenn Kleidung etwas über eine Person und ihren Rang besagen vermochte, dann arbeitete sie entweder in einem Sekretariat in leitender Position oder war vielleicht noch wahrscheinlicher eher selbstständig. Es konnte gut sein, dass sie etwas mit Mode zu tun hatte, eine Boutique besaß, vielleicht war sie auch Schneiderin oder Juwelierin. Jedenfalls verkörperte sie in der Stimmigkeit von Figur, Kleidung, Frisur und Körperhaltung etwas Gehobenes. Ob das wirklich zu Egon passte, der sich zwar recht passabel, so aber doch betont unscheinbar und ohne jedes modische Wagnis kleidete und auch nur einen einfachen Kurzhaarschnitt trug, der mit Hairstyling nicht das Geringste zu tun hatte, war eine ganz andere Frage. Ohne Zweifel sprach ihn die Erscheinung der Frau an, oder sollte man *Auftritt* sagen? Lediglich ihre wackelnden Bewegungen mit dem Hintern hatte vielleicht auch etwas Frivoles an sich. Obwohl nun genau das Egons Neugierde geweckt hatte, warf es doch auch einige Fragen auf. War ihr nicht bewusst, dass andere Leute wie er sie beobachten und sich Gedanken jeder Art machen konnten, war es ihr, was vielleicht schlimmer war, völlig egal und überhaupt, was sollte das eigentlich bedeuten? Ganz gleich welche Tiere sie im Gehege vor ihr erblicken mochte, einen Pinguin oder Pavian, konnte sie doch unmöglich mit dieser Art Paarungstanz beeindrucken wollen. Ganz abgesehen davon, dass Egon es war, der sie begehrte, weshalb ihre Aufmerksamkeit genaugenommen eigentlich ihm zustand.

Im Gelände des Tiergartens, der erst vor etwas mehr als einer Viertelstunde geöffnet hatte, waren noch kaum Besucher zu sehen. Egon musste gewiss einer der ersten Besucher gewesen sein. Beim Eintreten hatte er nur einen älteren Mann und ein jüngeres Pärchen mit einem Kinderwagen gesehen. Die obligatorischen Schulklassen würden sicher erst in einer Stunde kommen. Die Frau jedoch, die er im Begriff war heiraten zu wollen, musste also gleich mit der Öffnung des Zoos gekommen sein. Als er sich ihr von der Seite vorsichtig näherte, konnte Egon nun erkennen, dass sie sich fast vollständig über die Brüstungsmauer lehnte, um zu fotografieren. Ihre schaukelnden Bewegungen, die auf Egon etwas unanständig wirkten, waren demnach gar kein Affentanz, sondern offenkundig Positionierungen für verschiedene Schnappschüsse mit ihrer Digitalkamera. Während Egon sich fragte, ob das nun ihr Hobby oder ihr Beruf sein mochte, trat er nahe genug an die Absperrung, um zu erkennen, dass es sich um das Tigergehege handelte. Einige Meter tiefer und von einem schmalen Wassergraben getrennt war ein Areal für eine Anzahl von Tigern eingerichtet worden. Egon konnte wenigstens drei ausgewachsene Tiere und eine Anzahl von Jungtieren erkennen. Bei Löwen hätte er wegen der Mähnen auf Anhieb Männchen und Weibchen bestimmen können. Ob es bei Tigern ebenso sichere Kriterien gab, die auch Laien wie er mit bloßen Augen sehen konnte, wusste er nicht.

Als sich Egon nun der Absperrung genähert hatte, stand er gut zwanzig Meter von seiner möglichen zukünftigen Ehefrau entfernt. Diese blickte zwar kurz in seine Richtung, nahm sonst aber keine Notiz von ihm. Stattdessen ging sie nun einige Schritte von ihm weg in die Gegenrichtung, um sich sogleich auf die steinerne Umfassungsmauer zu hieven und auf ihr zu knien. Egon war verwundert darüber, dass sie es riskierte sich ihren vornehmen hellgrünen Rock zu ruinieren.

Doch ehe er sich versah lehnte sie sich noch weiter nach vorne, was nun dazu führte, dass eine scharfe männliche Stimme ertönte, die wohl aus dem Gehege stammte: *„He, he, he, sofort runter von der Mauer! Sind Sie lebensmüde!? Runter. Sofort!"* Egon konnte die laute Stimme nicht zuordnen, doch ganz gewiss war es keiner der Tiger der rief. Als Egon sich nun ebenfalls leicht über die bald hüfthohe Mauer beugte, erkannte er im hinteren Teil des Geheges am Eingang zum Tigerhaus einen Tierpfleger der weiter *„He"*-Rufe ausstieß, wild mit den Armen fuchtelte und sich mit übertriebener Geste mit dem Finger an seine Stirn tippte. Im genau selben Augenblick fing ein Regenschauer direkt über ihnen abzuregnen. Egon, der eine gewisse Abscheu davor hatte, nass zu werden und deshalb bei wechselnden Wetterlagen immer einen ausklappbaren Regenschirm in seiner Aktentasche mitführte, klappt den Schirm schnell aus. Doch während er damit beschäftigt war, ertönte ein kurzer heller Schrei. Als er unter dem aufgespannten Schirm wieder hervorsehen konnte, hatte sich nichts verändert, wenigstens auf den ersten Blick. Doch sogleich fiel ihm auf, dass die Frau verschwunden war.

Es konnte doch nicht sein, dass sie ins Gehege gefallen oder gar aus freien Stücken hinabgesprungen war? Doch genauso war es wohl, fehlte doch jede Spur von ihr.

Egon beugte sich wieder über die Mauer, doch konnte er nichts sehen und lief deshalb aufgeregt an der Mauer hin und her, in der Hoffnung, einen günstigeren Blickwinkel zu erhaschen. Doch trotz aller Anstrengung gelang es ihm nicht seine mutmaßlich abgestürzte Braut zu erblicken. Stattdessen hörte eher das Klacksen elektronischer Rückkopplungen, was vielleicht von einem Funkgerät des Pflegers stammen mochte. Auch kamen nun andere Besucher, die vielleicht von dem Schrei angelockt worden waren oder ohnehin auf ihrer Route entlangkamen. Auch sie versuchten sich über die Absperrung zu beugen, um etwas zu erkennen. Nur einige Augenblicke später ertönten Sirenen von Polizei- oder Rettungswägen. Da sich nun immer mehr Menschen an der Mauer sammelten ging Egon, der größere Menschenaufläufe nicht mochte, auf die andere Seite des Schotterweges und setzte sich, nachdem er eine Folie aus seiner Tasche gezogen und ausgebreitet hatte, auf einer der nassen Holzbänke. Dort saß er nun unter seinem aufgespannten Regenschirm und dachte nach über das Geschehen. Sein Plan, falls es denn einer war, hatte unter zugegeben äußerst ungewöhnlichen Umständen offensichtlich nicht funktioniert. Was war passiert und wie war es zu erklären? War die Frau aus freien Stücken nur wegen der Aussicht auf noch bessere Schnappschüsse einige Meter tief zu den Tigern hinabgesprungen, hatte sie das Gleichgewicht verloren und wurde nun von den Tigern angegriffen oder gar gefressen? Es war nichts zu sehen gewesen, doch ohne Zweifel hatte die Szenerie eine eher unerwarteten wie unerfreulichen Wendung genommen. Egon bemerkte, dass der Regen nachließ. Er stand auf, schüttelte den Schirm etwas aus und klappte ihn wieder zusammen. Er entschloss sich den Zoologischen Garten wieder zu verlassen. Hier gab es für ihn nichts mehr zu tun. Auf dem Weg nach Hause kamen seine Gedanken zu dem Schluss, dass das Schicksal ihn erneut im Stich gelassen hatte. Offensichtlich war es zwar eine Tragödie für die Tigerfrau, die durch ihr Verhalten, trotz ausdrücklicher Warnung durch den Pfleger, Leib und Leben riskierte, vielleicht auch einbüßte. Mit ihm selbst hatte es freilich nichts zu tun, da der Sturz der Frau einen Kontakt verhinderte. Es gelang ihm lediglich, sich seines Interesses gewahr zu werden und sich ihr einige Meter zu nähern, ehe sie sich schon wieder von ihm abwandte und auf die Mauer kroch. Doch schon einige wenige Regentropfen hatten ausgereicht, um sie aus den Augen zu verlieren und sie zu Fall. Vielleicht hatte sie ja wegen des Regens den Halt oder das Gleichgewicht verloren. Man weiß nie, was einem alles passieren kann. Der wesentliche Punkt bei alledem war nun aber, dass er der Frau nicht nahegekommen war, obwohl er es darauf angelegt hatte. Nun aber war die Chance ohne sein eigenes Zutun vertan. Er hatte nichts mit ihr zu tun und war auch nicht für sie verantwortlich. Sie hatte sich gegen ihn entschieden und für die Raubkatzen. Es war ihre Entscheidung, nicht seine. Der Fall war erledigt. „*Akte geschlossen*", sagte Egon vor sich hin. Aus reiner Neugierde würde er sich am nächsten Tag ausnahmsweise die Lokalzeitung kaufen, um zu sehen, ob es einen Bericht über den Vorfall im Tiergarten gab. Doch mehr wollte er über die Frau und ihren Zustand nicht wissen.

Am nächsten Morgen durchblätterte Egon den Lokalteil der Zeitung, jedoch fand er keinen Bericht über den Vorfall im Tigergehege. Entweder war der Frau doch nichts Ernsthaftes zugestoßen, was auch ihn erleichterte, oder die Presse berichtete absichtlich nichts darüber, um den Zoo nicht in schlechte Schlagzeilen zu bringen. „Frau von Tiger zerfleischt" wäre ganz sicher keine gute Werbung für die bevorstehenden Ferienwochen. Vielleicht nahm man aber auch Rücksicht auf die Tiger, die für das Verhalten der Frau nicht verantwortlich waren und von sich aus nicht angegriffen hatten. Trotzdem mochte es in der Öffentlichkeit schnell Stimmen geben, die Vergeltung forderten und das hieß in einem solchen Fall sehr wahrscheinlich, dass man der Katze einen Todesschuss verpassen müsste. Tiger waren aber sicher nicht billig. Wenn die Frau aber nur abgestürzt war und dabei zu Schaden kam, ohne dass Tiger involviert waren, dann wäre sie wohl im Wassergraben aufgekommen. Das freilich konnte Diskussionen hinsichtlich des Sicherheitskonzepts der Tiergartenbetreiber auslösen – und sehr wahrscheinlich liefen wohl auch hier erstmal polizeiliche Ermittlungen in diese Richtung. Es wäre demnach wohl ratsam, auch in den nächsten Tagen die Lokalzeitung im Auge zu behalten.

Nach einem gewöhnlichen Arbeitstag im Gericht mit fünfzehn abzuarbeitenden Sterbefällen und drei unangemeldeten Besuchern, die sich einfach aufs Geradewohl dazwischenschieben wollten war Egon recht müde. Unter seinen Klienten befand sich interessanter Weise keine Frau, abgesehen von einem älteren Ehepaar, die bereits Rentner waren und den Sterbefall ihres 52jährigen Sohnes regeln wollten, der an einem Herzinfarkt verstorben war. Die anderen Besucher konfrontierten ihn einmal mehr mit der alltäglichen Traurigkeit seines Berufes, deren Schmerz und Verzweiflung er jedoch gekonnt mit Paragraphen, Vorschriften, Regelungen, Fristen und Gebühren begegnen konnte. Nur mit diesen effektiven Werkzeugen ließen sich die Begebenheiten und Episoden bewältigen. In den regelmäßigen Mitarbeiterschulungen wurde stets betont, dass man sich als Sachbearbeiter auf gar keinen Fall emotional auf seine Klienten einlassen dürfe. Dafür gäbe es Fachleute wie Psychologen, Schuldnerberater und dergleichen.

Nach der Arbeit aß Egon in einem asiatischen Imbiss einen Teller mit Hühnerfleisch und gebratenem Gemüse mit Reis und entschloss sich dann eine Bar in der Altstadt zu besuchen. Das „Le Coq" hatte, ohne dass Egon jemals dort gewesen war, einen auch ihm bekannten guten Ruf, zumindest bei einigen seiner Arbeitskollegen im Gerichtsdienst. Diese hatten es schon vor Jahren aufgegeben, ihn für Treffen, Verabredungen und Veranstaltungen einzuladen, nachdem er jeden Versuch dazu höflich aber bestimmt abgeblockt hatte. Von seiner allgemein ausgeprägten Zurückhaltung abgesehen, lag es auch daran, dass Egon mit seinen Kollegen außer der Arbeit wenig gemeinsam hatte und insbesondere auch mit ihrem Humor nichts anfangen konnte, der ihm kindisch und unreif vorkam. Egon befand, dass dies weder zum Alter seiner Kollegen, die wie er in den Vierzigern waren, noch zu ihrer Tätigkeit im Nachlassgericht, die gewiss eine ernsthafte war, passen wollte. Wenn sie mittags zusammen in der Kantine saßen, blieben sie meist still, zumindest solange, bis der erste von ihnen mit dem Schnitzel, dem Braten oder den Würsten fertig war. Aus irgendeinem Grund jedenfalls aß man zuerst das Fleisch vom Teller, eher man für die restliche Mahlzeit Konversation betreiben wollte. Dann erzählte, wie am vergangenen Mittag der Türke Aslan, der Protokollant war, reines Schwäbisch sprach und außergewöhnlich dick war und vielleicht hundertfünfzig oder noch mehr Kilos wog einige Geschichten aus der Boulevardzeitung, die immer mit am Tisch eingerollt lag. Oder Witze:

„Geht ein Mann in die Bäckerei und verlangt Brot. Sagt die Verkäuferin: Ja, was soll es denn sein, Weißbrot oder Schwarzbrot? Sagt der Kunde: Is wurscht, es is eh für an Blinden."

„Will einer ein Pferd kaufen. Fragt der Händler: was darf es denn ein? Ein Araber, Hannoveraner? Ein Hengst oder eine Stute? Welche Farbe? Sagt der Käufer: Ach das ist ganz egal, nur lang genug muss es sein, wir sind nämlich zu sechst in der Familie."

Über jeden Witz lachten Aslan und die anderen Kollegen herzhaft, als wäre er wirklich tiefsinnig gewesen oder auch nur zum ersten Mal erzählt worden, während Egon nur kurz aufsah und weiter mit Messer und Gabel sehr kleine Stücke von seinem Schnitzel abtrennte. Nun war auch Günther, der jüngste von ihnen fertig mit seinem Fleischstück:

„Ich weiß auch einen: Treffen sich eine Maus und ein Elefant, sagt der Elefant zur Maus: Du bist aber klein! Antwortet die Maus: Naja, ist kein Wunder, ich war drei Monate auf Diät."

Nun war Aslan wieder an der Reihe: *„Ein Mann bringt seine Frau um, da quellen ihr die Augen über. Sagt er zu ihr: Gell, Liesl, da schaugst!"*

Wieder lachten alle außer Egon, der noch kaute, aber mit hochgezogenen Mundwinkeln nickend seine Zustimmung vorspielte.

Martha, die einzige Frau in der Runde, die beim letzten Witz nur etwas gequält lächelte, stimmte nun ebenfalls ein: *„Wie kommt der Elefant in den Kühlschrank?"* Sie schaute in die Runde, doch keiner hatte eine Antwort parat oder war mit langsamen Essen beschäftigt, wie Egon. *„Ganz einfach: Kühlschranktür auf, Elefant rein, Kühlschranktür zu"* war die Antwort die Martha ihrem Rätsel nachschob. Martha arbeitete seit vierzehn Jahren als Bürokraft und Empfangsdame für Egons Büro. Wer immer zu ihm wollte, mit Termin oder ohne, musste sich erst mit Martha auseinandersetzen. Und da sie wusste, dass er ungern gestört werden wollte, wenn es keinen wichtigen Grund gab, waren die Chancen an ihr vorbeizukommen nicht allzu gut.

Auch wenn es ihm fast gleichgültig war, weil er es gewohnt war sie weitgehend zu ignorieren, war Egon doch einigermaßen erleichtert, dass keiner seiner Kollegen im „Le Coq" war. Das Lokal war fast zur Hälfte gefüllt und in dezentes Licht gehüllt, was dem Raum eine angenehme Atmosphäre verlieh. Hier und da saß eine Gruppe von vier oder sechs meist jungen Leuten an einem Tisch, mal ein umschlungenes Pärchen, das mit sich selbst beschäftigt war. Viele Tische waren aber noch frei und an dreien saß jeweils eine einzelne Person, zwei Männer und eine Frau mit einer recht auffälliger Marylin-Frisur. Sie waren womöglich verabredet und warteten vielleicht nicht mehr allzu lange. An der Bar selbst gab es acht Hocker, doch waren die mittleren vier von zwei Männern, einer Frau und noch einem Mann besetzt, die sich am lautesten im Lokal unterhielten. Dass sie mit ihren mitunter hysterischen Gelächter, dass selbst Egons Dienstkollegen verwundert hätte, niemanden zu sehr stören, lag sicher an der etwas zu lauten, aber etwas getragenen atmosphärischen Jazz-Musik, die den Raum beherrschte.

Egon sah sich ärgerlich um und als sein Blick dem des Barmanns traf, nickte dieser und Egon tat es ihm gleich. Nun musste er sich also schnell entscheiden, hängte seine Jacke an die Garderobe neben der Türe. Er wählte just den freien Tisch gegenüber dem an welchen die einzelne Frau saß, die unter gewissen Umständen, die Egon gewillt war herbeizuführen, durchaus seine eigene sein konnte. Von seinem Platz aus konnte er sie von der Seite beobachten. Ihm fiel auf, dass sie einen sehr athletischen Körperbau und vor allem sehr kräftige Schultern hatte. Ohne Zweifel waren sie stärker ausgeprägt als an seinem schmalen Beamtenkörper. Freilich hatte Egon noch nie Sinn für Sport und hatte sich schon als Schüler unter verschiedenen Vorwänden davon befreien lassen. Auch in der Freizeit, wenn seine Klassenkameraden ihre Nachmittage am Bolzplatz oder im Schwimmbad verbrachten, bevorzugte Egon es zu Hause zu bleiben, um in seinem Zimmer entweder Programme für seinen Homecomputer zu schreiben, Videospiele zu spielen oder, um seinen Schachcomputer herauszufordern.

Der Barmann kam hinter seiner Theke hervor und brachte einen Teller an den Tisch der Dame, um sich sogleich Egon zuzuwenden: *„Guten Abend, was darf ich Ihnen bringen"*. *„Ein Bier"*, sagte Egon: *„und zum Essen dasselbe wie die Dame"*. Der Kellner lachte kurz auf und fragte dann nach *„ein Helles?"* Egon bejahte. *„Und zum Essen also auch eine Pizza Vier Käsesorten mit Peperoni?"* *„Ja, genau so"*, gab Egon zurück.

Egon bekam schnell sein Bier und bedankte sich. Er nahm einen kräftigen Schluck aus dem Glas, das danach fast zur Hälfte leer war. Die Dame am Nebentisch nahm von Egon bislang keinerlei Notiz. Erst als er seine Pizza bekam und der Kellner danach bei der Bestellung eines weiteren Getränks ihrerseits, zu ihr gebeugt etwas sagte, blickte sie mit hochgezogenen Augenbrauen in Egons Richtung. Dieser bemerkte es, hob im Gegenzug seine Gabel mit einem Stück Pizza daran und nickte lächelnd zurück.

Mit Messer und Gabel zerkleinerte Egon seine Pizza in kleine Stücke, ehe er daranging, mechanisch Bissen auf Bissen in den Mund zu stopfen, um sie in jahrelang geübter Gleichmäßigkeit mit mahlenden Kinnbacken systematisch zu zermalmen. Da ihm die Art und Weise, wie die Frau am Nebentisch ihre Pizza aß, nicht behagte, versuchte Egon sich auf seinen eigenen Teller zu fixieren. Er spießte mit seiner Gabel zunächst die klein geschnittenen Stückchen seiner Käsepizza auf und wandte sich dem Fernseher oben in der Ecke neben der Bar zu. Auf dem riesigen Bildschirm lief ohne Ton ein Fußballspiel. Egon kannte sich mit den Fußball-Ligen nicht aus und konnte nicht ohne weiteres bestimmen, wer gegen wen spielte, wenn man es ihm nicht, ggf. mehrmals sagte. Als er klein war mochte er Ballspiele sehr gern, wahrscheinlich wie jedes Kind. Freilich verstand er, sehr zum Verdruss seines Vaters im Alter von vier Jahren noch nicht den Unterschied zwischen Handball und Fußball und hatte zudem auch keinen Sinn für Regeln. Sein Vater hingegen war allgemein sehr ehrgeizig und konnte niemanden gegenüber darauf verzichten, ein

Spiel das er spielte auch zu gewinnen. Seinem Sohn einen Treffer oder einen mehr oder minder unvermeidlichen Regelverstoß durchgehen zu lassen kam für deshalb überhaupt nicht in Frage. In seinem Eifer traf er ihn auch mal mit einem harten Schuss am Kopf, was seinen kleinen Gegenspieler aus dem Stand flachlegte. Öfter stieß er ihn beiseite oder er grätschte, um einen Gegentreffer zu verhindern, den „Knirps" weg. Als Egon dann weinend „Foul" rief, beugte sich sein Vater grinsend zu ihm herunter und sagte: *„Kein Foul, nur Ball gespielt, Sportsfreund".* Wenn Egon trotzig widersprach: *„Lüge"* zog sein Vater aus seiner Hemdtasche die selbstgebastelte rote Karte und zeigte sie seinem Sohn, der nun den Garten verlassen und auf sein Zimmer gehen musste, während der Vater nun einige Minuten alleine mit dem Ball jonglierte. Da sein Vater ein ehrgeiziger Gegner war, zugleich aber auch parteiischer Schiedsrichter, mochte er keinen eigenen Sportsgeist entwickeln. Als er in die Schule kam hatte er jeden Sinn für sportliche Auseinandersetzungen verloren. Wenn er, wie heute, zufällig ein Spiel im Fernsehen sah, wusste er auch nicht wer gegeneinander spielte, weshalb er sich am sichtbarsten Kriterium orientierte, nämlich an den Aufschriften der Trikotwerbung. Da konnte also „Toyota" gegen „SAP" oder „Qatar" gegen „Siemens" spielen.

Von Zeit zu Zeit nahm Egon einen kleinen Schluck aus seinem Bierglas und wippte mit dem linken Fuß im Rhythmus der Jazzmusik. Den Bildschirm behielt er dabei im Auge. Nur ab und an sah er vorsichtig herüber zu der Frau, die nach ihrer Pizza noch ein weiteres Glas Bier, es war zumindest ihr drittes, und dazu einen Teller mit Knabbereien bekam. Egon war hingegen erst mit der Hälfte seiner kleingestückelten Pizza fertig und auch sein Bierglas war ebenfalls noch halbvoll oder halbleer, je nachdem.

Das Fußballspiel ging zu Ende und wenn Egon es richtig verstanden hatte, hatte VW gegen Rewe verloren. Danach kam noch eine kurze Zusammenfassung eines anderen Spiels, in welchem sich offenbar „Wiesenhof" und „DB" gegenüberstanden. Am Logo erkannte Egon, dass es sich wohl um die Deutsche Bundesbahn handelte. Egon fand es interessant, dass sie eine eigene Fußballmannschaft hatten und gegen eine Firma spielten, die aber Millionen von Hühnern schlachteten. Aber wie sonst sollten sich solche Großbetriebe auch sonst miteinander messen? In solche Gedanken versunken aß Egon seine Pizzastückchen auf und als er fast fertig war, stand für ganz überraschend plötzlich die Frau vom Nebentisch neben ihm.

„Darf ich mich für einen Moment zu Ihnen setzen?" Egon war zwar überrascht, aber wegen seinen langjährigen Tätigkeiten im Gericht und im Spielcasino nicht leicht aus der Fassung zu bringen. Dafür hatte es schon mit zu vielen eigenartigen Personen zu tun gehabt. So antwortete er humorig: *„Das wäre zumindest eine Möglichkeit"*, ohne dabei das Wort „eine" zu sehr zu betonen. Ohne zu zögern nahm sie ihm gegenüber Platz. *„Entschuldigen Sie, aber der Kemal, also ... ähm ... der Wirt hat mir vorhin gesagt, dass Sie zum Essen, `dasselbe wie die Dame` bestellt haben..."* Egon gab es unumwunden zu: *„Ja, das stimmt"*. *„Darf ich fragen warum? Wir kennen uns doch gar nicht, oder doch?"*

„Wenn Sie in den letzten zwanzig Jahren nichts geerbt haben ... dann wahrscheinlich nicht". Als Egon den ratlosen Blick seines Gegenübers bemerkte fügte er hinzu: *„Das muss ich wohl erklären, ich bin Beamter im Nachlassgericht und wann immer ein Erbe nicht notariell eindeutig geregelt ist, landet der Fall auf meinem Schreibtisch oder bei einem meiner Kollegen."* Die Frau nickte anerkennend. Nun erhob sich Egon: *„Entschuldigen Sie! Ich habe mich gar nicht vorgestellt. Mein Name ist Egon Brecht, ich bin 47 Jahre alt, geschieden und wie bereits erwähnt Gerichtsbeamter vom Beruf."* Er streckte seine Hand aus und die Frau ergriff sie mit einem durchaus kräftigen Handdruck, der Egon erstaunte. Jedoch blieb sie sitzen, was Egon durchaus als angemessen empfand bei der Begegnung eines Herren mit einer Dame. Nach einer Weile leichter Unterhaltung holte sie ihr Getränk von ihrem Tisch und setzte sich zu Egon. Ihr Beisammensein entwickelte sich im Laufe der nächsten Stunde ganz im Sinne von Egons ursprünglicher Absicht. Aus dem unverfänglichen Gespräch war schnell ein Flirt geworden und nun unterhielten sich beide so vertraut und erzählten einander Anekdoten,

als wären sie lange und alte Bekannte. Egon bestellte sich noch ein zweites Bier und die Frau, die sich als *Mary Lou* vorgestellt hatte, noch zwei weitere Biere.

Mary Lou erzählte nun von ihrem Leben, dass sie als Kind Sportler werden wollte, sich vor allem für Fußball, Judo und Eishockey interessierte, was Egon überraschte und bemerkenswert für ein Mädchen fand. Beruflich entschied sie sich aber bereits in der Schule für eine künstlerische Laufbahn im Bereich von Tanz und Theater. Einige Jahre hatte Mary Lou in einem Varieté-Theater gearbeitet, dass auch in einigen Ländern des Auslands aufgetreten sei. Dann freilich hatte sie eine Operation benötigt und im Anschluss daran, den beruflichen Anschluss etwas verpasst. Als die großen Karrierehoffnungen auf eine eigene Show sich nun also zerschlagen hatten, war es einige Jahre sehr mühsam, mental mit Trauma und Stress umzugehen, wozu auch eine freilich gut verlaufene Psychotherapie gehörte.

Egon lauschte gebannt auf Mary Lou's Erzählungen. Dass ihm fremde Menschen in wenigen Minuten oder gar Sätzen einen Abriss ihres Lebens präsentierten, war er seit vielen Jahren beruflich gewöhnt. In all den Jahren hatte er schon mehrere tausend Menschen kennengelernt, die ihm ihr Lebensresümee anvertraut hatten. Es gab wenig, was er noch nicht gehört hatte. Mary Lou interessierte ihn aber nicht aus beruflicher Perspektive. Er saß auch nicht in seinem Büro, wo er ihr Formulare aushändigen konnte, die sie innerhalb einer Frist auszufüllen hatte. Auch konnte er sie nicht zuerst zur Kasse schicken, wo sie für eine Urkunde eine Gebühr zu entrichten hatte, währenddessen er sich im Internet umschaute, welche Einträge es zur Person gab oder welche Angaben sich in den Dateien der Behörden fanden. Ganz sicher würde er das aber in Bezug auf Mary Lou, die ihm zunehmend vertrauter und sympathischer wurde, nachholen wollen. Man soll ja prüfen, wen man bindet. Doch noch war er nicht so weit, obwohl es wegen Mary Lou ganz gut anlief. Sie hatte einen, vielleicht den entscheidenden Schritt auf ihn zugemacht, als er insgeheim schon Argumente für einen Rückzug suchte. Egon erzählte nun wieder von sich und von seinen eigenen Ambitionen fürs Showgeschäft als

Zauberer und von seinem Nebenjob im Spielcasino. Mary Lou, die sich mittlerweile ein weiteres Bier bestellt hatte, wurde ihrerseits immer redseliger und erzählte von ihrer Familie. Vom strengen Vater, der Polizist gewesen sei, vom Großvater der noch im Ruhrpott als Bergmann gearbeitet habe. Zu beiden habe sie kein gutes Verhältnis gehabt, da sie mit ihren Neigungen nicht zurande kommen wollten. Beide waren aber auch schon vor ihrer Zeit gestorben, nicht durch Unglücksfälle wie man bei beiden vermuten konnte, sondern an sogenannten Zivilisationskrankheiten, Herzkreislaufproblemen, mit mehreren Infarkten. Egon erwiderte, dass auch sein Verhältnis zum Vater keineswegs harmonisch war, dass er nun aber in einem Altenheim lebte, hochgradig senil oder dement war, trauriger Weise aber der letzte lebende seiner Verwandten war. Er erzählte auch vom Kaffeehandel mit dem seine großväterliche Familie sehr reich geworden war. Egon und Mary Lou ergänzten auf diese Weise Anekdoten und Episoden ihres Lebens. Schließlich, er war bereits seit über zwei Stunden im Lokal, wagte Egon es doch auf sein eigentliches Anliegen zu sprechen zu kommen. Er erhob sich und deutete in Richtung der WC-Schilder an der Wand neben der Garderobe und sagte: *"Ich komme gleich wieder und wollte Sie dann etwas fragen."* Mary Lou lachte vergnügt und sagte, dass sie in der Zwischenzeit eine Zigarette rauchen gehen würde und erhob sich ebenfalls, ging aber, und dies etwas wackelig, zur Tür des Lokals.

Egon hatte sich auf dem WC versehentlich über die Hose gemacht. Das war freilich sehr peinlich und es war klar, dass er nicht in dieser Weise zurück ins Gastzimmer gehen konnte, um Mary Lou in Richtung seiner Absichten zu manövrieren. Er versuchte folglich am Waschbecken mittels Papiertüchern an seiner hellen Hose zu reiben, um die dunklen Flecken trockenzureiben. Das klappte freilich nur bedingt. Er roch an den Tüchern bevor er sie in den für sie vorgesehenen, bereits randvoll gefüllten Eimer warf. *"Doukipudonktan"* sagte er lachend in den Spiegel und fügte sogleich mit der geläufigen deutschen Übersetzung des französischen Zitats dazu: *"Vonwasstinktsnso?"* Egon lachte über sein Missgeschick und zwar vor Freude, weil es ihm überhaupt zugestoßen war, ihm, um den Geschick und

Missgeschick seit Jahren einen Bogen machte, als wäre er jemand, mit dem sie sich nicht zeigen wollten. Wäre das Schicksal ein Selbstmörder, würde der Leichnam flussaufwärts schwimmen, um ihm auszuweichen. *„Quelle odeur"* sagte Egon zum nächsten Tuch. Er überlegte, dass Mary Lou für ihre Zigarette ohnehin einige Minuten benötigen würde und er deshalb etwas Zeit hätte, um seine Hose zu trocknen. Abgesehen davon konnte er jederzeit sagen, dass sein Magen zur Zeit etwas Probleme machte. Da Mary Lou ihn nicht kannte, gab es keinen plausiblen Einwand und er hatte freie Hand. Während Egon mit einem weiteren Einmalhandtuch an seiner Hose rieb kommentierte er seine eigenen, ungewohnt lebhaften, leicht beschwipsten Gedanken in den Spiegel über dem Waschbecken: *„Tu causes, tu causes, c'est tout ce que tu sais faire."* Wieder lachte er laut auf, als hinter ihm die Toilettentüre aufging und drei große, kräftige Burschen Anfang Zwanzig lauthals hereinstolperten. Sie sprachen offenbar über ein Fußballspiel, vielleicht über das, welches Egon beim Essen beobachtet hatte. Sie blieben kurz neben Egon stehen, sahen ihn an, lachten und stolperten weiter und spukten

Laute aus, wie „*Druck auf der Blase*". Egon beeilte sich nun, wusch seine Hände und trocknete sie mit einem weiteren Papiertuch ab. Er verließ hastig die Männer-Toilette und nahm sich vom Zigarettenautomat eine Zeitung und hob sie sich unauffällig vor seine noch immer nasse Hose. Als er sich wieder an den Tisch setzte, war Mary Lou nicht zugegen. Vielleicht rauchte sie eine zweite Zigarette, war ebenfalls aufs WC gegangen, was angesichts des Umstands, dass sie viel mehr Bier als er getrunken hatte, nur logisch wäre, oder aber, falls er Pech haben sollte, war sie einfach gegangen und hatte ihn ohne weiteres sitzen lassen. Nachdem sie sich bislang so gut verstanden hatten, wäre dies aber durchaus als Pech zu werten. Nur wenige Augenblicke später kam sie wieder durch die Eingangstüre von draußen. Ihr Gang war etwas unsicher, was am Alkohol liegen mochte, der womöglich nicht zu ihren Stöckelschuhen passte. Egon fiel nun auf, dass ihre Beine nicht nur recht lang, sondern gleichfalls sehr muskulös waren und unter den schwarzen Spitzen eine ganz schöne Maße Fleisch durchschimmerte. Mary Lou blieb kurz bei ihm stehen, lächelte und sagte, sie müsse jetzt auch mal und ging weiter zu den Toilettenräumen. Egon nutzte die Gelegenheit, um den Wirt herbeizuwinken und sich eine Tasse Kaffee zu bestellen. Diesen brachte er recht schnell, so dass er bereits einen Schluck nehmen konnte, als Mary Lou wieder an den Tisch zurückkam. Ihr Gang wirkte auf Egon nun doch bereits sehr unsicher. Trotzdem bestellte sie sich mit einer dem Wirt verständlichen Geste ein weiteres Getränk. Egon war verblüfft. Abgesehen von Freunden seines Vaters, was Jahrzehnte zurücklag, hatte er niemanden erlebt, der so viel Bier in so kurzer Zeit trank. Ihm selbst waren seine beiden Biere trotz des Essens durchaus etwas zu Kopf gestiegen, doch Mary Lou hatte vielleicht bereits schon die dreifache Menge verschlungen. Für eine Frau war dies dann doch noch bemerkenswerter.

Mary Lou nahm wieder gegenüber von Egon Platz. *„Darf ich etwas fragen?"* Egon, der selbst eine Frage stellen wollte, bejahte nickend. *„Wollen wir uns nicht duzen ...? ich meine, ... wenn es nichts ausmacht..."* Egon nickte erneut, diesmal sehr erleichtert. Er freute sich darüber, dass ihr neuerlicher

Vorstoß sein Vorhaben noch weiter erleichtern konnte, wollte nun aber auch darauf achten, dass Mary Lou nicht weiter die Initiative übernahm und ihm womöglich zuvorkommen konnte. Denn auch so konnte ja sein Plan durchkreuzt werden. *„Gerne. Ich freue mich darüber, wirklich"* sagte Egon lächelnd: *„Meine Frage, die ich vorhin bereits stellen wollte, war ob Sie, ... ich meine, ... jetzt natürlich: Du, ... also ob Du verheiratet bist ... ob irgendwo in dieser Stadt oder wo sonst auf der Welt ein Mann auf Dich wartet ..."*

Mary Lou beruhigte ihn und sagte, dass dem nicht so sei. Sie war zwar einmal verheiratet, aber das sei lange her. So war es ja auch in Egons Fall. In den letzten Jahren habe es zwar die eine oder andere Liebschaft gegeben, aber es sei nie etwas Ernsthaftes daraus entstanden. *„Ich suche eben immer noch nach einem seriösen und verlässlichen Partner an meiner Seite, nach jemanden, der mir Sicherheit und Stabilität geben kann, so wie ich ihm Abwechslung und Liebe."* Das klang zu schön, um wahr zu sein. Gerade als Egon den nächsten Schritt gehen wollte, brachte der Wirt ein weiteres Bier für die Dame an seinen Tisch.

Egon sagte zu ihm: *"Wir wollten dann zahlen."* Der Wirt runzelte leicht seine Stirn und fragte nach: *"Getrennt oder zusammen."* *"Letzteres"* sagte Egon zum Wirt, der weiterging und an Mary Lou gerichtet: *"Das geht auf mich, wenn Du einverstanden bist."* Sie sah ihn lächelnd und mit großen, etwas glasigen Augen an und nahm einen kräftigen Schluck aus dem neuem Bier. *"Hast Du schon mal daran gedacht, wieder zu heiraten?"* fragte Egon. Mary Lou lachte und gluckste dabei etwas. Das lag vielleicht doch daran, dass sie sehr viel getrunken hatte. Egon sah sich zwar fast am Ziel, zumindest was die Aufgabenstellung anbetraf, einer fremden Frau einen Heiratsantrag zu machen, zugleich hatte es aber auch den Anschein, dass er sich damit beeilen sollte, ehe die Braut vorher vom Stuhl oder unter den Tisch kippen konnte. *"Ich konnte es mir auch nicht mehr vorstellen, jemals wieder zu heiraten",* fügte Egon hinzu, *"aber das hat sich heute Abend verändert, wie ich gestehen muss. Also frage ich frei heraus,*

Mary Lou, willst Du meine Frau werden, mich heiraten? Willst Du?"

Mary Lou war sichtlich beschwipst, nahm aber nochmals einen Schluck, dann fing sie sich wieder und antwortete im ernsten Ton und einem tiefen Blick in Egons Augen: *„Immer langsam, so schnell schießen die Preußen nicht."* Egon bereute bereits, dass er diesen Vorstoß gewagt hatte und sah sich nervös nach dem Wirt um, der nun auch gerade mit der Rechnung kam: *„Zwei Pizza Vier Käsesorten, mit neun Bier, einmal Nachos, macht zusammen dreiundfünfzig-neunzig."* Egon gab ihm einen Fünfziger und einem Zehner: *„Stimmt so."* Der Wirt bedankte sich überrascht über das vergleichsweise üppige Trinkgeld. Als er bemerkte, dass Egon sich nicht weiter unterhalten wollte, nahm er dessen leeres Glas und die beiden Pizzateller mit. Egon steckte seine Börse in die Jackentasche und wollte sich erheben. Offenbar hatte er den Fall Mary Lou insgeheim bereits schon wieder abgeschlossen, als sie gleichfalls aufstand und sagte: *„Gehen wir zu mir?"* Egon zog seine Jacke an und half dann Mary Lou in ihren langen, eleganten Mantel. Als nun direkt neben ihr stand fiel ihm erst auf, dass sie fast einen Kopf größer war als er und ihr breiter Körperbau dazu machte einen starken Eindruck auf ihn. Egon hatte sich aber dazu entschlossen, das Abenteuer zu suchen und das Schicksal, dass sich ihm verweigerte, herauszufordern. So gingen sie zusammen aus dem Lokal. Der Wirt sah ihnen aus dem Fenster nach, schüttelte seinen Kopf und wischte als nächstes den Tisch ab, den die beiden zuletzt besetzten.

Bereits auf dem Weg zu Mary Lou's Wohnung, die ihrer Angabe nach in einem kürzlich aufwändig restaurierten Jugendstilhaus in der Nähe des Bahnhofsviertels lag, kamen sich Egon und sie näher. Egon hatte seinen Arm um ihre Taille gelegt, während ihrer auf seiner Schulter ruhte. Sie versicherten sich wechselseitig, wie glücklich sie darüber waren, dass sie der Zufall im Lokal zusammengeführt hatte. Zwar räumte Mary Lou ein, dass sie eine Art Stammgast in der gemütlichen Bar, freilich aber in aller Regel nur Dienstags dort sei, wenn sie zuvor im Theater als Statist gearbeitet hatte. Dass sie heute also an einem Donnerstag im „Le Coq" war, sei wirklich nur eine bloße Laune gewesen und sehr untypisch. Egon hingegen erklärte ihr beim gemeinsamen Bummel, dass er das erste Mal in das Lokal gekommen war und es bislang nur aus den Erzählungen seiner Gerichtskollegen kannte, die dort meistens montags oder vielleicht auch dienstags ihren Stammtisch hatten. Dazu sei er zwar schon bestimmt ein Dutzend Mal eingeladen worden, doch normalerweise läge ihm wenig daran, in solche oder irgendwelche andere Lokale zu gehen. Seine Kollegen nun hätten aber auch nie etwas über schöne Frauen erzählt, sondern stets nur von den *besten Cocktails der Stadt* geschwärmt, die es dort nach ihrer Einschätzung gab. Mary Lou fasst es als ein Kompliment auf und sehr wahrscheinlich war es auch als solches gedacht. Sie wusste natürlich nicht, dass Egon mit Komplimenten in etwa so vertraut war wie mit Tiefseetauchen.

Immer wieder blieben sie auf dem Weg stehen, etwa um Auslagen in den Schaufenstern von Modegeschäften oder Juwelieren anzusehen, ohne sich einem bestimmten Angebot zuzuwenden. Accessoires, Juwelen und Mode ganz allgemein waren Bereiche des Gesellschaftslebens mit denen Egon nur dann zu tun hatte, wenn es galt, den Wert eines umstrittenen Erbstücks zu ermitteln. Allenfalls aus dieser Perspektive konnte er ein wenig einschätzen, was wieviel kostete oder subjektiv bedeuten konnte. In seinem eigenen Leben hatte alles, was er sonst Schnickschnack nannte, überhaupt keine Rolle. Nun aber mit einer verliebten Braut an seiner Seite, wahr es spürbar etwas Anderes. Was ihn zuvor erzürnt oder zumindest heftigen Widerwillen bei ihm hervorgerufen hätte, ließ er nun mit lockerer Nachsicht geschehen.

Beim ihrem nächsten Halt legte Mary Lou ihre Arme bereits um Egons Hals und beugte sich etwa zu ihm herunter, um ihm vorsichtig auf den Mund zu küssen. Hernach schlenderten sie gemütlich weiter, blieben aber noch einige Male stehen, um sich länger und intensiver zu küssen.

Endlich erreichten sie das prachtvolle Haus, von dem Mary Lou zuvor erzählt hatte. Sie standen nun im kunstvoll geschmückten Torbogen der zum Innenhof führte, in welchem Egon aus der Distanz ein erleuchtetes

Treppenhaus erkennen konnte. Wieder waren sie engumschlungen und küssten sich, wobei nun auch ihre Hände begannen ihre Körper zu erkunden. Ganz plötzlich spürte Egon wie Mary Lou's Hand von der rechten Seite in seinen Schritt fasste. Er erschrak, da er darauf nicht vorbereitet war, spürte aber auch schnell eine aufsteigende Erregung und natürlich gehörte das wohl zum Vorspiel dazu. Egon strich deshalb seitlich über ihre Brüste, während sie sodann über seinen Hintern entlangfuhr. Seine Hände tasteten sich unweigerlich zu Mary Lou's Körpermitte. Obwohl er ihre anschwellende Abwehr spürte, stieß Egon dann nun aber doch ungestüm mit seiner Hand unterhalb ihres Reißverschlusses. Mary Lou zuckte fast schmerzhaft zurück und sagte etwas in der Art von *„sorry"* und auch Egon war erschrocken, fingerte leicht nach und packte dann kräftig zu, um sogleich wie von einer Windböe getroffen, einige Schritte zurückzutaumeln. Er war bestürzt und hielt sich für einen kurzen Moment beide Hände vor die Augen. Mary Lou gleichfalls konsterniert sagte leise: *„Lass mich erklären..."*, doch Egon war sogleich außer sich vor Wut und brüllte: *„Du Drecksau, ... Du elendige*

Drecksau!" Seine Stimme bebte vor Wut und Empörung.

Sein eruptiver Ausbruch erschütterte Mary Lou spürbar, jedoch spiegelte ihr Blick weit mehr Enttäuschung und Verbitterung als Überraschung und Entsetzen. Egon aber steigerte sich in seiner Rage und zog nun aus seiner Hosentasche ein Klappmesser, das er im Büro oft als Brieföffner benutzt hatte. Er öffnete es und stieß mit scharfer Stimme hervor: *„Ich mache Dich kalt, Du perverse Sau. Sowas wie Dich darf es einfach nicht geben!"* Und schon stützte er sich wutentbrannt auf sein Gegenüber, das er noch vor wenigen Augenblicken leidenschaftlich umarmt und geküsst hatte.

Mary packte blitzschnell zu und konnte so vielleicht im letzten Augenblick den vorwärtsstoßenden Arm des angreifenden Gerichtsbeamten packen und entging seiner blitzenden Klinge. Egon schnaufte verärgert auf, reagierte aber schnell und packte nun mit der anderen Hand Mary Lou's Kehle und drückte gnadenlos zu. Beeindruckt von seiner neuerlichen Attacke begann Mary

Lou wie wild zu zucken. Ein heiseres, dunkles Stöhnen entwich ihrem Schlund, während ihre Augen vor Schreck aufgerissen waren. Nun kam auch Egons erhobenes Messer ihrem Hals wieder bedrohlich und unerbittlich näher. Mary Lou zog ihr rechtes Knie und stieß es zwei- oder dreimal in Egons Leib, der von dieser Attacke völlig überrumpelt wurde. Er musste so seinen harten Griff um Mary Lou's Kehle lockern. Das genügt ihr, um sich aus der äußerst schmerzhaften Umklammerung zu befreien. Sie nutzte nun auch die größere Beinfreiheit und trat einige mal gegen Egons Schienbeine und zu seiner größten Verwunderung holte sie zu einem akrobatischen, karateähnlichen Fußtritt gegen seine Hand aus und entschlug ihm somit seine Stichwaffe. Das Messer fiel mit dem typischen Klang zu Boden. Mary Lou gab ein *„Und nun ...?"* in Egons Richtung, doch er zögerte nicht und startete sofort einen neuen Angriff und schlug mit beiden Fäusten relativ wahllos auf die erstaunte Mary Lou ein. Er mochte so einen oder eineinhalb Treffer in ihrem Gesicht gelandet haben, blieb zuletzt aber mit dem Knopf seines Jackenärmels in Mary Lou's Haaren hängen. Das nun hatte zur Folge, dass die

Wucht seines Schlages, die Marilyn-Perücke von ihrem Kopf zog, freilich nicht ohne Widerstand, da sie offenbar durch mehrere Nadeln befestigt und gesichert war. Der Ruck war wegen der vielen Nadeln zweifelsohne recht schmerzhaft.

Mary Lou stand nun von einigen wenigen Stoppeln und seitlichen Strähnen fast kahlköpfig da und wirkte nun auch deutlich maskuliner als zuvor. Zudem blutete sie in Folge von Egons Schlägen aus dem linken Nasenloch. In solcher Weise enttarnt änderte sich nun auch der bislang vornehmlich abwehrende Kampfstil der Person, die bis eben als Mary Lou aufgetreten war, nun aber wohl doch eine andere, eher männliche Identität vertrat. Soweit sich dies im Halbdunkel des Hofeingangs über einen kahlen Mann mittleren Alters in üppigen, nunmehr etwas lädierten Frauenkleidern sagen ließ. Mit einer schnellen Stafette prügelte er nun auf den kleineren Egon ein, der eine Serie schwerer Treffer einstecken musste und von dem Trommelgewitter mächtiger Schläge vollends überfordert war. Er sank schnell auf die Knie und ging dann ganz zu Boden. Sein Kontrahent trat nun aber noch einige Male in seinen Bauch und Unterleib und jeder Treffer löste ein lautes Stöhnen, Ächzen oder Jaulen aus, während der Schläger auf eigene Äußerungen verzichtete, vielleicht wegen der Nachbarn. Und tatsächlich hörte man nun auf dem Asphalt auch jemanden des Weges kommen, weshalb sich der Mann auch mit zwei weiteren harten Fußtritten gegen Egons Brust und Kopf begnügte und von ihm abließ. Er bückte sich schnell nach seiner Perücke und lief mit großen Schritten hastig in den Hinterhof. Egon hingegen blieb schmerzgekrümmt und blutend auf dem Gehweg vor dem Toreingang liegen. Der Passant war offenbar in eins der Häuser eingebogen oder hatte sich in eins der Automobile gesetzt. Egon verlor das Bewusstsein.

Er brauchte etwa zwei Wochen ehe er sich im Krankenhaus von seinen schweren Verletzungen soweit erholen konnte, um es im halbwegs lädierten Zustand verlassen zu können. Am Tag seiner Entlassung besuchte er seinen Vater im Altenheim, der ihn nicht erkannte, was aber nichts mit seinem teilweise noch geschwollenen mit Blutergüssen überzogenem Gesicht lag. *„Wer sind Sie* *denn"*, fragte sein Vater: „*Sind Sie das Phantom aus der Oper?*" und schon lachte er. Egon war ihm nicht böse wegen des vordergründigen Spottes. Auch wenn sein Vater ab und an lichte Momente haben konnte, war ihm die Erinnerung daran doch nach wenigen Minuten vollständig entschwunden. Er selbst wurde sich bei seinem Besuch dessen Gewahr, dass letzten Endes jede menschliche Erinnerung genau denselben Weg gehen würde, sei es ins Vergessen oder in die verkürzte Auffassung anderer, die jede Mühe hatten, ihre eigenen Tassen im Schrank zu behalten. Ohne Erinnerung freilich gab es auch kein Defizit, keinen Vergleich und mithin auch kein Schicksal. Was einzig zählte, war den Augenblick zu spüren und bewusst zu leben. In dieser Weise glichen sich Demenz und Nirwana – und wer konnte auch schon sicher sein, dass beides nicht ein und dasselbe waren.

Anmerkungen:

Statistisch nicht relevant
geschrieben im Spätherbst 2015 und Januar 2017

Ignaz der Löwe

geschrieben zwischen 29.12.2016 und 10.01.2017 nach mit *Chana Tausendfels* im Herbst 2016 gemeinsam entwickelten Motiven und textualen Skizzen.

Die Schicksalsverstopfung des Herrn Brecht

geschrieben in der zweiten Hälfte Februar 2017. Die Vokabel „Schicksalsverstopfung" verdanke ich Herrn *Jakob Samoylovych*.

Abbildungen

S. 40   Perlen vor die Säue
Chana Tausendfels, August 2007

S. 92   haTewa haAdam (die menschliche Natur)
Chana Tausendfels, November 2016

S. 141 Random Bird
Chana Tausendfels, Dezember 2016

Vom selben Autoren erhältlich:

"Tage des Gerichts, der Bericht des Ber Ulmo aus Pfersee", übersetzt aus dem Hebräischen und kommentiert, Kokavim-Verlag 2012

"Der Augsburger Judenkirchhof, zur Geschichte und zu den Überresten des mittelalterlichen jüdischen Friedhofs in der Reichsstadt Augsburg", Kokavim-Verlag, 2013

"Mord am Lech – ein jüdisch-bayrischer Kriminalfall aus dem Jahr 1862", Kokavim-Verlag 2014

"Schimon Wolf Wertheimer (1681-1763) und Ferdinand Wertheimer (1817-1883), zwei schwäbische Juden am Friedhof von Kriegshaber", in: Schwabenspiegel, Jahrbuch für Literatur, Sprache und Spiel, 2015 „Schreiben in der Fremde" Herausgegeben von Uni Augsburg (Prof. Klaus Wolf), Wissner-Verlag 2014

"Tage des Gerichts, die Verhaftung schwäbischer Juden im Jahr 1803", in: Schönere Heimat, Magazin des Bayerischen Landesvereins für Heimatpflege, Januar 2015

"Das Buch der Wortungen, ein Wörterbuch für alle, denen Bildung auf Dauer nicht genug ist", (Etymologie) September 2015.

"Trommeln in der Nacht – zeitgenössische Szenarien frei nach Brecht" (Theater), November 2015

"666 die Zahl des Menschen – das Mysterium der Apokalypse im Spiegel jüdischer Geschichte", Februar 2016

"Karel Capeks Rossum Universal Robots (RUR) – neu übersetzt und aktualisiert", März 2016

„Familiengeschichte jüdischer Metzger in Kriegshaber", April 2016 anlässlich des 100. Jahrestags der Eingemeindung Kriegshabers nach Augsburg, Herausgeber, Dr. Thomas Groll, Bistumshistoriker, Wissner-Verlag, April 2016

„Der Dybbuk von Kriegshaber", in: Schwabenspiegel, Jahrbuch für Literatur, Sprache und Spiel), Mai 2016. Herausgegeben von Uni Augsburg (Prof. Klaus Wolf), Wissner-Verlag, Mai 2016

„Der jüdische Friedhof von Binswangen, Hintergründe, Fotos, Grabstein-Inschriften, Familiengeschichten / The Jewish Cemetery of Binswangen, Background, Photos, Grave Marker Inscriptions, Family History", (Deutsch + English) Mai 2016

„Der Bundestag zu Augsburg – das Ende des Deutschen Bundes im Sommer 1866", Juli 2016

„Das Haus der drei Sterne, die Geschichte des jüdischen Friedhofs von Pfersee, Kriegshaber und Steppach bei Augsburg, in Österreich, Bayern und Deutschland", erweiterte Neuauflage mit Friedhofsregister und Grabsteininschriften, November 2016

„Humor, Wucher, Weltverschwörung – die geläufigsten Vorurteile gegenüber Juden und was es mit diesen auf sich hat", März 2017

© Yehuda Shenef, 2015, 2016, 2017

Umschlaggestaltung: Yehuda Shenef

Motiv: Chana Tausendfels

ISBN: 978-3743-162-013

Herstellung und Verlag:

BoD - Books on Demand, Norderstedt

Printed in Germany